Linda Chapman

Stardust

Geheimnis im Mondschein

Aus dem Englischen von Julia Walther

Illustrationen von Kirsten Straßmann

KOSMOS

Für Philippa Milnes-Smith, die so sehr an Sternenstaub glaubt wie ich.

Umschlaggestaltung von Atelier Reichert, Stuttgart,
unter Verwendung einer Illustration von Mel Grant.
Innenillustrationen von Kirsten Straßmann, Recklinghausen.
Aus dem Englischen übersetzt von Julia Walther.

Titel der englischen Originalausgabe:
Stardust – Magic by Moonlight
Published by the Penguin Group, Puffin Books, London 2004

In dieser Reihe ist außerdem erschienen:
Stardust – Elfenzauber, ISBN: 978-3-440-10574-0

Dieses Buch folgt den Regeln der neuen deutschen Rechtschreibung.

Bibliografische Information der Deutschen Bibliothek
Die Deutsche Bibliothek verzeichnet diese Publikation in der Deutschen Nationalbibliografie; detaillierte bibliografische Daten sind im Internet über http://dnb.ddb.de abrufbar.

ISBN-13: 978-3-440-10573-3
ISBN-10: 3-440-10573-3

Redaktion: Julia Röhlig, Claudia Steinke
Grundlayout: Ralf Paucke
Produktion & Satz: DOPPELPUNKT Auch & Grätzbach GbR, Leonberg
Printed in the Czech Republic / Imprimé en République tchèque

1

Die Schnurrhaare des kleinen Hasen zuckten. Er hoppelte zu einem Büschel Klee hinüber und begann eifrig daran zu knabbern. Dabei ließ er seine Umgebung nicht aus den Augen.

Die neunjährige Lucy Evans ging neben seinem Auslauf in die Hocke. „Hallo, mein Kleiner“, flüsterte sie.

Der Hase hob den Kopf. Als er Lucy entdeckte, hoppelte er herüber. Am Maschendrahtzaun angekommen, stellte er sich auf die Hinterbeine. Mit dem Finger streichelte Lucy sein seidiges kastanienbraunes Fell. „Na, Mr Brown, haben dir die Karotten geschmeckt, die ich dir vorhin gebracht habe?“, fragte sie.

Als Antwort stupste Mr Brown mit dem Kopf gegen ihre Hand. Lucy lächelte über seine Zutraulichkeit. Als ihr Vater Mr Brown mit nach Hause gebracht hatte, war er sehr verängstigt gewe-

sen. Doch bei ihr zeigte der kleine Hase keinerlei Furcht. Das war eigentlich nicht weiter verwunderlich, denn Tiere mochten sie meistens – sogar wilde Tiere ließen sie nahe an sich herankommen.

Lucy stand auf, klappte den Deckel des Geheges hoch und nahm Mr Brown auf den Arm. Er kuschelte sich an ihre Brust und sie drückte ihm einen Kuss auf den Kopf. Ihr langes, gewelltes Haar, das genau die gleiche Farbe wie Mr Browns Fell hatte, fiel ihr ins Gesicht. Sie pustete eine Strähne aus den Augen. „Ich bring dir später noch etwas Leckeres", versprach sie ihm.

Mr Brown zappelte ein bisschen und schaute in Richtung seines Geheges. Lucy schmunzelte. „Okay, ich versteh schon. Du willst wieder runter und herumhoppeln, stimmt's?"

Mr Browns Schnäuzchen zuckte zustimmend.

Sie setzte ihn zurück in seinen Auslauf und beobachtete, wie er zielstrebig auf den Klee zusteuerte. Plötzlich wurde sie traurig. Wenn doch nur Olivia hier wäre und sie gemeinsam dem kleinen Hasen zuschauen könnten. Doch Olivia, ihre beste Freundin, war vor drei Wochen weggezogen. Vorher hatte sie in dem Haus direkt neben Lucy gewohnt. Lucy vermisste sie schrecklich. Ihre beiden Schwestern Rachel und Hope – zwölf und dreizehn Jahre alt – wollten nie mit ihr spielen, und ohne eine beste Freundin fühlte sie sich einfach einsam. Vor allem jetzt in den Osterferien.

Vielleicht zieht ja nebenan jemand in meinem Alter ein, dachte Lucy beim Anblick der Backsteinmauer, die ihr Zuhause, das Jasmine Cottage, vom Willow Cottage daneben trennte. Das Willow Cottage hatte leer gestanden, seit Olivias

Familie ausgezogen war, aber jetzt schien es, als wären endlich wieder neue Mieter da. In den letzten Tagen gingen drüben ständig Leute aus und ein – vor allem Maler, Handwerker und Mitarbeiter einer Umzugsfirma.

Lucy seufzte. Sie hoffte so, dass die neuen Nachbarn nett waren.

Mr Brown knabberte am Klee. Er sah so zufrieden aus, dass Lucy ihn nicht stören wollte. Auf der Suche nach einer Beschäftigung schlenderte sie durch den Garten. Dieser reichte bis weit hinters Haus und war voller wild wuchernder Bäume und Büsche, zwischen denen man sich wunderbar verstecken konnte. Begrenzt wurde er von einem plätschernden Bach, an dessen anderem Ufer sich weite Felder anschlossen. Dahinter begann der Wald. Lucy liebte den Wald. Olivia und sie hatten oft dort gespielt und sich vorgestellt, sie seien Elfen. Sie hatten jedoch ihren Eltern versprechen müssen, immer am Waldrand zu bleiben. Der Wald war tief und erstreckte sich über viele Kilometer hinweg.

„Wenn ihr euch da verlauft, würden wir euch nicht mehr finden“, sagte Lucys Mutter oft.

Lucy betrachtete den Wald. Fast schienen die Bäume sie zu rufen. Wie es wohl wäre, einfach in das grüne Dickicht einzutauchen, immer tiefer hinein? Was würde sie dort wohl vorfinden?

„Hallo!“

Erschrocken drehte Lucy sich um.

Zu ihrer großen Überraschung entdeckte sie auf der anderen Seite der Mauer ein Mädchen. Es hatte schulterlange blonde Locken und leuchtend blaue Augen, die vor Unternehmungslust funkelten. „Wohnst du hier?“, rief sie herüber.

Lucy nickte. „Wer bist du?“, erkundigte sie sich, während sie zur Mauer hinüberlief.

„Ich heiße Alexa“, antwortete das Mädchen. „Meine Mutter und ich sind gerade erst eingezogen. Kann ich zu dir in den Garten rüberkommen?“ Ohne Lucys Antwort abzuwarten, begann sie über die Mauer zu klettern. Alexa war zierlich und ein bisschen kleiner als Lucy. „Wie heißt du und wie alt bist du?“, wollte sie wissen.

„Lucy", antwortete Lucy. „Und ich bin neun."

„Wie ich." Alexa grinste. „Wir können Freundinnen sein."

Ihr Lächeln war ansteckend und Lucy musste einfach zurücklächeln.

„Euer Garten ist wirklich schön", sagte Alexa und sah sich neugierig um. Sie schien kein bisschen schüchtern zu sein. „Ich finde es wunderbar, so dicht am Wald zu wohnen. Du auch?"

Lucy nickte. „Meine Schwestern sagen, der Wald ist langweilig, aber –“

„Langweilig! Wie könnte Wald jemals langweilig sein“, rief Alexa erstaunt. „Wälder sind so geheimnisvoll und ...“ Sie hielt inne. „Oh, wie toll!“ Sie hatte Mr Browns Gehege entdeckt. „Du hast einen Hasen!“

„Ja“, bestätigte Lucy. „Er heißt Mr Brown und ich habe ihn erst vor ein paar Wochen bekommen.“

„Darf ich ihn anschauen?“, sprudelte es aus Alexa heraus. „Ich liebe Hasen!“

Lucy zögerte. „Er ist nicht sehr zutraulich“, sagte sie, als sie Alexa zum Auslauf folgte. „Normalerweise lässt er sich von niemandem außer von mir hochheben. Er ist ja noch ein Baby.“

„Er ist so niedlich!“, schwärmte Alexa. Sie kauerte sich neben den Drahtzaun. „Hallo, Mr Brown.“

Mr Brown hob den Kopf und sah Alexa mit seinen dunklen Knopfaugen an. Dann hoppelte er – zu Lucys großem Erstaunen – zu ihr herüber und drückte seine Schnauze gegen das Gitter. Alexa strich sacht über den Flaum auf seiner Nase, woraufhin er sich auf die Hinterbeine stellte – fast so, als würde er versuchen, näher an sie heranzukommen.

Lucy konnte es kaum glauben. „Das tut er sonst bei niemandem außer bei mir!“ Sie starrte Alexa an. „Er hat wirklich Angst vor anderen Menschen.“

Alexa lächelte. „Tiere mögen mich.“

„Mich auch.“ Lucy war plötzlich ganz aufgeregt. „Sogar wilde Tiere.“ Hoffnung durchströmte sie. Alexa und sie schienen sich sehr ähnlich zu sein. Vielleicht würden sie ja wirklich Freundinnen werden? Vielleicht sogar beste Freundinnen?

Alexa sprang auf die Füße und ihre blauen Augen blitzten. Lucy hatte das Gefühl, dass sie genau das Gleiche dachte. „Möchtest du rüberkommen und mein Zimmer anschauen? Meine Mutter hat es gerade gestern fertig gestrichen.“

„Gern“, stimmte Lucy begeistert zu.

„Na, dann komm!“ Alexa rannte zur Mauer.

„Wir könnten auch außenherum gehen“, schlug Lucy vor, während sie hinter ihr herlief.

Alexa grinste schelmisch. „Wie langweilig! Klettern macht viel mehr Spaß!“

Lucy war noch nie vorher über die Mauer geklettert. Es war überraschend einfach, solange man nicht in die Nähe der Kletterrosen und ihrer Dornen kam. Auf der anderen Seite landete sie im hohen Gras. Olivias Eltern hatten ans Haus eine hölzerne Terrasse angebaut, die in den Garten hineinragte und auf der man im Sommer sitzen konnte. Dort stand jetzt eine Frau und schüttelte einen farbenfrohen Überwurf aus. Ihr lila Flatterrock war am Saum mit kleinen Spiegelsteinen besetzt, die im Sonnenlicht glitzerten. Sie war jung und hübsch und besaß die gleichen blonden Locken wie Alexa, nur dass ihre ihr bis auf den Rücken reichten.

„Xanthe, das ist Lucy“, rief Alexa ihr zu. Dann wandte sie sich an Lucy. „Lucy, das ist meine Mutter, Xanthe.“

Lucy hatte vorher noch nie gehört, dass jemand seine Mutter beim Vornamen nannte. „Hallo“, sagte sie schüchtern.

„Lucy möchte mein Zimmer sehen“, erklärte Alexa. „Haben wir Kekse da? Ich sterbe vor Hunger.“

„Ich glaube, in einer Tüte in der Küche sind welche“, erwiderte Xanthe fröhlich. „Wenn ihr sie findet, bedient euch.“

„Nennst du deine Mutter immer Xanthe?“, fragte Lucy, als sie Alexa nach drinnen zur Küche folgte. Überall standen unausgepackte Kisten und Taschen herum.

Alexa nickte und zog eine Packung Vollkornkekse aus einer Plastiktüte. „Ich hab noch nie ‚Mama' zu ihr gesagt. Das wäre irgendwie total komisch."

„Und was ist mit deinem Vater?", erkundigte sich Lucy neugierig. „Wie nennst du den?"

„Ich hab keinen Vater", antwortete Alexa und bot ihr einen Keks an. „Also, ich meine, es gibt schon einen", fügte sie beiläufig hinzu, „aber ich habe ihn nie kennen gelernt. Er hat Xanthe verlassen, als sie mit mir schwanger war."

Lucy war es furchtbar peinlich, dass sie so neugierig war. „Das ist schrecklich", murmelte sie, da sie nicht genau wusste, was sie sagen sollte.

Alexa zuckte mit den Schultern. „Halb so wild." Sie ließ die Kekspackung auf den Tisch fallen. „Komm, wir gehen nach oben. Ich will dir mein Zimmer zeigen."

Lucy ging hinter ihr die Treppe hinauf. Oben winkte Alexa sie in eines der Schlafzimmer. „Wahnsinn!" Vor Staunen blieb Lucy der Mund offen stehen. Die Wände waren in Lila, Rosa und

Blau gestrichen. Weiße, duftige Vorhänge hingen vor dem Fenster und auf dem Fußboden lag ein flauschiger rosafarbener Teppich. Doch das war es nicht einmal, was Lucy so beeindruckte. Es war die Zimmerdecke. Sie war dunkelblau wie der Nachthimmel. Gebannt starrte Lucy nach oben.

„Gefällt es dir?", fragte Alexa, und zum ersten Mal seit sie sich getroffen hatten, klang sie ein bisschen unsicher.

„Ich finde es wunderschön", wisperte Lucy. Sie drehte sich um und sah die Erleichterung in Alexas Gesicht.

„Xanthe hat die Decke genau so angemalt, dass sie wie der Himmel um Mitternacht an meinem Geburtstag aussieht." Alexa zeigte nach oben. „Schau, du kannst verschiedene Gruppen von Sternen sehen. Man nennt sie Sternbilder. Jedes Sternbild hat eine andere Form. Direkt über uns siehst du den Großen Bären." Mit dem Finger malte sie eine Figur in die Luft. „Und da drüben erkennt man einen Drachen und einen Schwan."

Lucy war fasziniert. Sie hatte es schon immer

geliebt, nachts den Himmel anzuschauen. „Du weißt aber gut Bescheid“, sagte sie beeindruckt.

„Xanthe kennt sich mit den Sternen aus“, meinte Alexa. „Sie hat mir alles beigebracht. Manche der Sterne haben Namen. Siehst du den großen da drüben?“ Sie deutete auf einen Stern weiter links. Lucy nickte. „Er heißt Regulus und ist einer der vier Königlichen Sterne."

„Königliche Sterne? Was ist denn das?", erkundigte sich Lucy neugierig, während sie sich aufs Bett setzte.

„Das sind die vier hellsten Sterne am Himmel. In früheren Zeiten leuchtete immer einer zu Beginn einer neuen Jahreszeit. Deshalb taufte man sie die Königlichen Sterne", erklärte Alexa. „Regulus ist der Sommerstern. Und dieser da drüben", sie zeigte auf einen anderen großen Stern, „ist Antares, der Herbststern. Es gibt auch einen für den Winter und einen für den Frühling."

In diesem Augenblick klopfte Xanthe an die Tür. „Lucy", sagte sie. „Ich habe gerade gehört, wie deine Mutter drüben im Garten nach dir gerufen hat. Weiß sie denn, dass du hier bist?"

Schuldbewusst sprang Lucy vom Bett. „Nein."

„Dann gehst du besser schnell nach Hause", riet ihr Xanthe.

Lucy wollte nicht gehen. Dazu gefiel es ihr hier viel zu gut.

„Du kannst ja später wiederkommen", meinte Xanthe, die ihr Zögern wohl bemerkt hatte.

„Du könntest hier übernachten", schlug Alexa vor. Sie sah Xanthe an. „Das ist doch in Ordnung, oder?"

„Aber natürlich", sagte Xanthe. „Wenn das Wetter schön bleibt, können wir draußen auf der Terrasse zu Abend essen."

„Au ja!" Lucy war begeistert. „Ich frage gleich, ob ich darf."

Aufgeregt rannte sie die Treppe hinunter. Das Leben sah auf einmal wirklich viel besser aus!

2

„Wo bist du denn gewesen, Lucy?“, wollte Mrs Evans wissen, als Lucy zu Hause in die Küche stürmte. „Ich hab dich überall gesucht.“

„Ich war nur nebenan“, sagte Lucy. Ihre grünen Augen leuchteten. „Da sind neue Leute eingezogen. Alexas Mutter Xanthe – also, Alexa ist das Mädchen, und sie ist genauso alt wie ich. Sie –“

„Lucy!“, unterbrach ihre Mutter. „Ich kann nicht glauben, dass du zu den Nachbarn gegangen bist, ohne mir vorher Bescheid zu sagen. Ich kenne diese Leute noch nicht mal.“

„Aber sie sind wirklich nett!“, protestierte Lucy.

„Trotzdem. Du darfst nie einfach weglaufen, ohne mir zu sagen wohin. Verstehst du das?“ Lucys Mutter klang ernst.

„Ja, Mama“, sagte Lucy brav.

Nun schien Mrs Evans nicht mehr ganz so verärgert. „Ich habe mir nur Sorgen gemacht.“

„Es tut mir Leid." Lucy biss sich auf die Lippe. War jetzt der richtige Zeitpunkt, um ihre Mutter zu fragen? Sie musste es einfach tun. Länger konnte sie nicht warten. Die Worte purzelten aus ihrem Mund. „Alexa hat mich gefragt, ob ich heute bei ihr übernachte. Darf ich? Bitte, bitte!"

„Übernachten?" Mrs Evans war überrascht. „Aber ihr habt euch doch gerade erst kennen gelernt! Und ich habe mich nebenan noch nicht mal vorgestellt."

„Ja und? Du kannst doch einfach jetzt rübergehen", bettelte Lucy. „Bitte, Mama!"

Mrs Evans schaute ihre Tochter einen Moment lang an. Dann gab sie nach. „Von mir aus", seufzte sie. „Sonst lässt du mir ja doch keine Ruhe."

Xanthe öffnete die Tür zum Willow Cottage.

„Xanthe, das ist meine Mutter", erklärte Lucy aufgeregt. Xanthe lächelte Mrs Evans freundlich an. „Hallo. Ich bin Xanthe Greenwood und das", Alexa schob sich an ihr vorbei nach vorne, „ist meine Tochter Alexa."

„Ich bin Carol Evans." Die beiden Mütter gaben sich die Hand. Lucy beobachtete, wie ihre Mutter dabei Xanthes spiegelbesetzten Rock und ihren bunten Schal musterte. Solche Sachen würde ihre Mutter nie im Leben anziehen.

„Möchten Sie auf eine Tasse Tee hereinkommen?", fragte Xanthe.

Zu Lucys großer Erleichterung nickte ihre Mutter lächelnd. „Ja, sehr gern."

Lucy merkte jedoch schnell, dass ihre Mutter und Xanthe wohl kaum gute Freundinnen werden würden. Während sie zusammen Tee tranken, unterhielten sich die beiden Mütter höflich. Aber schon nach einigen Minuten war klar, dass sie sich nicht viel zu sagen hatten. Sie hatten zum Beispiel ganz unterschiedliche Berufe. Mrs Evans war Mathelehrerin an einer Mädchenschule und Xanthe arbeitete als Reflexzonen-Therapeutin.

„Das bedeutet, dass ich die Hände und Füße meiner Patienten massiere, um ihnen bei verschiedenen Beschwerden zu helfen", erklärte Xanthe.

„Unsere Füße und Hände sind wie eine Landkarte unseres Körpers. Wenn man sie richtig behandelt, kann man Energiestauungen auflösen. In der Reflexzonen-Therapie geht es vor allem darum, dem Körper zu helfen, sich selbst zu heilen."

Lucy war fasziniert, aber sie wusste, dass ihre Mutter das alles bestimmt ein bisschen seltsam fand. Lucys Mutter war eher praktisch und vernünftig veranlagt.

Das Gespräch kam ins Stocken und schließlich stand Mrs Evans auf.

„Vielen Dank für den Tee, Mrs Greenwood. Ich sollte nun besser nach Hause gehen. Komm, Lucy."

Brav folgte Lucy ihrer Mutter. Sie hätte so gerne noch einmal gefragt, ob sie übernachten durfte. Würde ihre Mutter es ihr erlauben? Während die beiden Erwachsenen miteinander geredet hatten, hatte sie sich mit Alexa flüsternd über ihre Lieblingstiere unterhalten. Jetzt wollte sie noch viel lieber hier bleiben. Trotzdem traute sie sich nicht zu fragen. Was, wenn ihre Mutter Nein sagte?

Umso glücklicher war sie, als Xanthe an der Haustür meinte: „Alexa würde sich riesig freuen, wenn Lucy heute hier übernachten würde. Wären Sie damit einverstanden, Mrs Evans?"

Lucys Mutter zögerte einen Augenblick, doch dann lächelte sie. „Von mir aus." Lucy seufzte erleichtert. „Wann soll Lucy denn rüberkommen?"

„Wie wäre es um sechs?", schlug Xanthe vor. „Dann können die beiden noch zusammen abendessen."

Mrs Evans nickte. „Ich bringe Lucy dann rüber."

„Und, wie findest du sie?", wollte Lucy sofort wissen, als sie und ihre Mutter wieder zu Hause waren.

„Sie scheinen sehr nett zu sein", sagte Mrs Evans vorsichtig. „Vielleicht ein bisschen alternativ. Ich habe noch nie eine Reflexzonen-Therapeutin getroffen. Und ich weiß auch nicht, was ich davon halten soll, dass Alexa ihre Mutter beim Vornamen nennt. Na ja, andere Leute, andere Sitten." Schnell wechselte sie das Thema. „Ich bin jedenfalls sicher, dass du heute Abend viel Spaß haben wirst. Warum legst du nicht schon mal deinen Schlafanzug und die Zahnbürste zurecht."

Lucy stürmte die Treppe hinauf. Ihre Mutter war offensichtlich nicht so begeistert von den neuen Nachbarn. Aber das war ihr egal. Sie würde heute bei Alexa schlafen und das war alles, was jetzt zählte.

Es wurde ein wunderschöner Abend. Gleich nachdem Lucy ihre Tasche in Alexas Zimmer gebracht hatte, zog Alexa sie mit nach unten in die Küche. „Komm, wir machen Muffins und Feen-Limonade!"

Das klang sehr verlockend, aber Lucy war ein wenig besorgt. „Hat deine Mama denn da nichts dagegen?", fragte sie. Zu Hause durfte sie abends nicht mehr in der Küche werkeln. „Was ist, wenn wir Unordnung machen?"

Alexa grinste. „Xanthe ist da nicht so. Komm! Muffins sind einfach, aber ich wette, du hast noch nie Feen-Limonade gemacht!"

Hatte sie nicht. Scheinbar kam da von allen Zutaten ein bisschen was hinein: Alexa holte einen Krug mit selbst gemachter Limonade aus dem Kühlschrank und goss ein wenig Holundersirup dazu. Dann etwas Johannisbeersaft, ein bisschen Preiselbeersaft und einen großen Löffel Vanilleeis. Anschließend verrührte sie das Ganze und füllte es in zwei hohe Gläser. Zum Schluss streute sie noch ein paar winzige silberne Zuckersterne darüber. „Probier mal. Das ist echt lecker!“, meinte sie.

Alexa hatte Recht. Sie tranken ihre Limonade, während sie plauderten und die Muffins machten. Nachdem die Törtchen gebacken und abgekühlt waren, überzogen sie sie dick mit rosa Zuckerguss und streuten noch mehr Zuckersterne darüber. Das Ergebnis war toll!

Anschließend aßen sie mit Xanthe auf der Terrasse hinterm Haus zu Abend.

„Ich hoffe, du magst vegetarisches Essen“, sagte Xanthe zu Lucy, als sie ein paar Kissen und eine bunt karierte Decke ausbreiteten. „Alexa und ich essen nämlich kein Fleisch.“

„Das macht nichts“, entgegnete Lucy höflich. Insgeheim war sie sich aber nicht so sicher. Sie mochte eigentlich keine unbekannten Sachen. Was, wenn es ihr nicht schmecken würde?

Sie hätte sich keine Sorgen machen brauchen. Alles war ganz wunderbar. Xanthe brachte fünf verschiedene vegetarische Dips und einen großen Teller voll Paprikastreifen, Karottenstängeln und Gurkenschnitzen, um sie darin einzutauchen. Außerdem gab es frisch gebackenes Brot direkt aus dem Ofen. Dazu Butter und Käse.

„Es ist richtig schön hier“, sagte Lucy. Im Schneidersitz saßen sie auf der Terrasse und ließen sich das Essen schmecken. Sie lachten gemeinsam über alberne Witze und sahen zu, wie die Sonne unterging. Es war komisch, dass Xanthe mit ihnen zusammen auf dem Boden saß. Sie schien mehr wie eine ältere Schwester oder eine Freundin zu sein. Nicht wie eine Mutter.

Schließlich meinte Xanthe seufzend: „Na gut, ich mache mich jetzt wohl besser wieder ans Auspacken. Holt euch euer Eis einfach selbst."

Alexa und Lucy halfen ihr, die Teller in die Küche zu bringen. Dann füllten sie sich zwei Schüsseln mit Erdbeereis und gingen zurück nach draußen. Die Sonne war inzwischen hinter dem Horizont verschwunden. Am dämmrigen Himmel funkelten die ersten Sterne.

„Gehören die drei Sterne dort zu einem Sternbild?" Lucy zeigte auf drei helle Sterne, die eine gerade Linie zu bilden schienen.

Alexa nickte. „Sie gehören zu Orion. Sie sollen seinen Gürtel und sein Schwert darstellen. Orion war ein großer Jäger." Sie fuchtelte mit ihrem Eislöffel in der Luft herum. „Schau, man kann schon fast seinen Körper erkennen und ein Bein und eine Art Kopf. Dazu musst du aber diese ganz blassen Sterne oberhalb des Gürtels anschauen." Sie malte die Linie mit ihrem Löffel nach. Lucy konnte es gerade so erkennen. „Orion wurde von einem Skorpion getötet, der ihn in die Ferse

gestochen hat", fuhr Alexa fort. „Manchmal kann man den Skorpion auf der anderen Seite des Himmels sehen."

Lucy drehte den Kopf in die andere Richtung. „Jetzt wirst du ihn nicht sehen", sagte Alexa. „Orion und der Skorpion teilen sich nie den Himmel. Wenn der Skorpion kommt, verschwindet Orion. Als würde er immer vor ihm wegrennen. Klasse, oder?"

Lucy nickte zustimmend.

Alexa stützte sich auf einen Ellbogen und sah Lucy einen Moment lang aufmerksam an. „Hast du schon mal davon geträumt, oben bei den Sternen zu sein?", fragte sie. „Hast du dir schon mal vorgestellt, nachts durch den Himmel zu fliegen und zwischen den Bäumen hindurchzusausen?"

Lucy war sprachlos. Manchmal, bevor sie abends einschlief, stellte sie sich vor, aus ihrem Schlafzimmerfenster hinaus zu den Sternen zu fliegen. Aber das waren nur Träumereien. Nicht mal Olivia hatte sie davon erzählt. „Ja", meinte sie überrascht. „Das hab ich!"

Alexa strahlte übers ganze Gesicht. Ohne Vorwarnung sprang sie auf und schnappte Lucys Hand. „Komm, wir tun so, als könnten wir das wirklich“, sagte sie mit leuchtenden Augen. „Wir tun so, als könnten wir in den Himmel fliegen.“

Lucy rappelte sich hoch. Sie liebte So-tun-als-ob-Spiele. „Einverstanden! Was sollen wir machen?“

„Zuerst müssen wir wirklich fliegen können“, sagte Alexa. „Und das klappt nur so: Wir müssen unsere Augen schließen und drei Mal ‚Ich glaube an Sternenstaub‘ sagen. Der Sternenstaub macht, dass wir fliegen können.“

Lucy war auf einmal ganz aufgeregt. Es war vielleicht nur ein Spiel, aber hier draußen unter den Sternen schien alles irgendwie verzaubert zu sein. Alexa klang so geheimnisvoll, als wäre das alles wirklich echt.

„Bist du so weit?“, wollte Alexa wissen.

„Ja.“ Lucy nickte.

Sie schloss die Augen.

„Du musst wirklich daran glauben, wenn du

es sagst“, meinte Alexa. „Ganz fest daran glauben.“ Sie holte tief Luft und drückte Lucys Hand. „Auf drei. Eins, zwei, drei. Ich glaube an Sternenstaub ...“

„Ich glaube an Sternenstaub“, flüsterte Lucy. Fest kniff sie die Augen zusammen.

„Ich glaube an Sternenstaub“, sagte sie mit festerer Stimme. Ihr Körper fühlte sich auf einmal

ganz seltsam an. Als würde er sich auflösen, leichter werden. Das war sonderbar! Ohne die Augen zu öffnen, wiederholte sie ein drittes Mal: *„Ich glaube an Sternenstaub!“*

Plötzlich hörte sie ein Rauschen. Im nächsten Augenblick schien ihr Körper einfach wegzuschmelzen. Sie riss die Augen auf. Der Boden unter ihr entfernte sich immer weiter und sie schwebte nach oben in den Himmel.

„Ich fliege!“, rief sie aus.

Sie hörte ein Kichern und sah sich um. Alexa schwebte neben ihr in der Luft. Sie war jetzt allerdings nur noch halb so groß und ihre Jeans und ihr Pullover waren auch verschwunden. Stattdessen trug sie ein glänzendes, silbernes Kleid. Jeder Zentimeter ihrer Haut und ihrer Haare schien zu schimmern und zu leuchten.

„Was ... was ist passiert?“ Fassungslos sah Lucy ihre neue Freundin an.

Alexa strahlte übers ganze Gesicht. „Du bist eine Sternenstaub-Elfe!“, antwortete sie.

3

Ungläubig sah Lucy Alexa an. „Ich ... ich bin eine was?“

„Eine Sternenstaub-Elfe“, antwortete Alexa.

„Was ist eine Sternenstaub-Elfe?“, stammelte Lucy. Vor lauter Schreck konnte sie fast nicht sprechen. Als sie nach unten schaute, sah sie, dass der Boden ganz schön weit weg war. Ich fliege! Die Gedanken schienen in ihrem Kopf Karussell zu fahren.

„Eine Sternenstaub-Elfe ist ein Mensch, der mehr Sternenstaub in sich trägt als andere Menschen“, erklärte Alexa. Sie schien Lucys Verwirrung zu bemerken. „Das ist so: Wir alle bestehen aus Sternenstaub – alle Menschen auf der ganzen Welt –, aber manche von uns, so wie du und ich, tragen mehr Sternenstaub in sich als andere. Das bedeutet, dass wir uns in Sternenstaub-Elfen verwandeln können, sobald die Sonne untergeht.

Wir müssen nur drei Mal hintereinander die Zauberworte ‚Ich glaube an Sternenstaub' sagen. Dann lösen sich die irdischen Teile unseres Körpers auf. Wir werden zu reinem Sternenstaub und wir können fliegen!"

Lucy konnte es noch immer nicht glauben. Sie sah an sich hinab. Ihre Haut schimmerte und sie trug ein Kleid wie Alexa. Nur dass ihres perlmuttgrau glänzte. Sie schüttelte den Kopf. Das hier *musste* einfach ein Traum sein.

Alexa bemerkte ihren Gesichtsausdruck und kam zu ihr herübergeflogen. „Schon in Ordnung", meinte sie. „Ich kann mir vorstellen, dass es ein ziemlicher Schock ist, wenn man es zum ersten Mal erlebt. Ich hatte es leichter, denn ich habe schon immer gewusst, dass ich eine Sternenstaub-Elfe bin. Xanthe ist auch eine."

„Deine Mutter ist eine Sternenstaub-Elfe?" Lucy konnte es kaum glauben.

Alexa nickte. „Wir waren uns ganz sicher, dass du auch eine bist. Das merkt man fast immer."

In Lucys Kopf drehte sich alles. „Ich bin eine

Sternenstaub-Elfe“, wiederholte sie. Als könnte sie es dadurch besser begreifen. „Und ich ... ich fliege!“

„Also genau genommen schwebst du gerade nur.“ Alexa grinste sie an. „*So* geht fliegen!“ Pfeilschnell schoss sie durch die Luft, schwenkte nach links, schlug einen Purzelbaum und sauste zurück zu Lucy.

„Wow!“ Lucy war beeindruckt. „Wie hast du das gemacht?“ Ihr ganzer Körper kribbelte vor Aufregung. Es begann unten in den Zehenspitzen und prickelte wie Brausepulver bis hinauf in die Haarwurzeln. Das hier war kein Traum. Sie war wirklich eine Sternenstaub-Elfe! „Wie kann ich auch so fliegen wie du?“

„Du musst deine Gedanken einsetzen“, antwortete Alexa. „Damit du vorwärts kommst, musst du dir vorstellen, dass du die Luft nach hinten wegdrückst. Wenn du dich nur fest genug konzentrierst, dann klappt es. Um nach links zu fliegen, musst du die Luft nach rechts wegdrücken. Nach rechts einfach umgekehrt. Am Anfang scheint das noch kompliziert, aber bald geht es ganz leicht. Versuch's mal!"

Lucy stellte sich vor, wie sie die Luft vor sich nach hinten wegschob. Ganz langsam bewegte sie sich nach vorne. „Es klappt!", jubelte sie.

Alexa kicherte. „Ein bisschen schneller musst du schon werden. Komm." Sie fasste nach Lucys Hand. „Versuch es noch einmal und ich helfe dir dabei!"

Nach hinten wegschieben, wegschieben, dachte Lucy. Im nächsten Moment schoss sie mit Alexa durch den Himmel. Erstaunt sah sie die Sterne vorbeiziehen. „Ich fliege!"

„Macht Spaß, oder?" Alexa ließ Lucys Hand los und drehte eine Pirouette. „Versuch es noch mal allein."

Bald sauste Lucy auch ohne Hilfe durch die Lüfte. Alexa schien leicht wie eine Feder durch die Luft zu tanzen. So gut war Lucy noch lange nicht, aber sie konnte sich zumindest nach vorne, nach hinten und zur Seite bewegen. Und das ziemlich schnell!

„Das ist toll“, lachte sie glücklich, als sie Hand in Hand durch den Nachthimmel flogen. Unter ihr sah sie das Dach ihres Zuhauses. „Ich kann gar nicht erwarten, es meinen Eltern zu erzählen!“

„Aber du darfst es ihnen auf keinen Fall erzählen!“, sagte Alexa schnell. „Erstens werden sie dir nicht glauben. Sie werden denken, du hast dir das nur ausgedacht. Außerdem müssen Sternenstaub-Elfen geheim bleiben. Die anderen Menschen dürfen nichts davon wissen. Auf keinen Fall!“

Lucy war enttäuscht. Doch das Gefühl verschwand sofort wieder, als Alexa sie im Sturzflug mit sich nach unten zog. „Wahnsinn!“, rief sie. Der Wind pfiff ihr um die Ohren.

„Das gefällt dir also?“, sagte Alexa. „Dann schau dir mal das hier an!“

Sie ließ Lucys Hand los und flog ein Stückchen von ihr weg. Dann murmelte sie etwas. Plötzlich war sie verschwunden.

Lucy konnte es nicht fassen. Gerade noch war ihre Freundin hier gewesen, nun war sie weg. Wo war sie nur? „Alexa?“, rief sie. Verwirrt sah sie sich um.

„Hier bin ich!“

Lucy hörte Alexas Stimme, aber sehen konnte sie sie nicht. „Bist du unsichtbar?“, flüsterte sie atemlos.

„Nicht ganz“, ertönte Alexas Stimme. „Wenn du genau hinsiehst, kannst du mich erkennen.“

Angestrengt spähte Lucy in die Richtung, aus der die Stimme kam. Ein schwacher Schimmer lag dort in der Luft. Ob das wohl Alexa war? Vorsichtig flog sie hinüber. Sie streckte die Hand aus und spürte weichen Stoff. Im nächsten Moment schwebte ihre Freundin wieder lachend neben ihr. Lucy hatte Alexas Kleid berührt.

„Man nennt es Tarnen“, erklärte ihre Freundin, als sie Lucys fragenden Gesichtsausdruck bemerkte. „Siehst du, wie unsere Haut schimmert? Damit können wir unsere Farbe ändern und uns verstecken. Probier es einfach mal aus. Stell dir vor, du hast dieselbe Farbe wie der Hintergrund. Dazu sagst du ‚Camouflagus‘. Versuch es mal hier.“ Sie flogen hinunter in den Garten und landeten auf dem Gras. Lucy lief zum Holzschuppen hinüber. *„Camouflagus“*, flüsterte sie. Ein seltsames kitzliges Gefühl überlief sie. Als würden winzige Sterne überall auf ihrer Haut glitzern. Sie sah an sich hinunter. Wo eben noch ihr Körper gewesen war, lag jetzt nur noch ein leichter Schimmer in der Luft.

„Sehr gut“, lobte Alexa. „Und wenn du dich bewegst, bist du fast nicht mehr zu erkennen.“

Während der nächsten Stunde spielten sie im Garten Verstecken, indem sie sich abwechselnd tarnten. Lucy hatte in ihrem ganzen Leben noch nie so viel Spaß gehabt.

„Du lernst echt schnell“, meinte Alexa. „Ich bin

sicher, du wirst eine ganz mächtige Sternenstaub-Elfe."

Lucy lächelte glücklich.

„Komm." Alexa schwebte in einem anmutigen Bogen vor ihr her. „Wir erzählen Xanthe davon."

Sie flogen zurück zum Cottage. Nachdem sie auf der Terrasse gelandet waren, zeigte Alexa Lucy, wie sie sich wieder in ihre menschliche Gestalt zurückverwandeln konnte. Dazu musste sie drei Mal hintereinander ‚Sternenstaub, hinfort' sagen.

Wieder in Jeans und Pulli liefen sie ins Haus. Xanthe war gerade dabei, in der Küche ein paar Töpfe mit Kräutern aufs Fensterbrett zu stellen. Als die Mädchen hereinkamen, drehte sie sich um und sah Alexa fragend an.

Alexa nickte. „Wir hatten Recht. Lucy *ist* eine Sternenstaub-Elfe!"

Xanthe strahlte. „Das ist ja wunderbar!" Sie umarmte Lucy. „Ich war mir sicher, dass du eine bist, Lucy. Menschen, die Sternenstaub-Elfen sind, leuchten von innen. Sie haben außerdem mehr Fantasie als andere und ein feines Gespür

für Tiere, für die Natur und für Magie. Auf dich trifft alles zu." Aufmerksam sah sie Lucy an. „Wie fühlst du dich?"

„Ein bisschen verwirrt", gab Lucy zu. „Ich hätte nie gedacht, dass es so etwas wie Sternenstaub-Elfen gibt. Aber es ist toll."

„Dann freust du dich auf deine Sternenstaub-Arbeit?" Erwartungsvoll schaute Xanthe sie an.

Lucy war überrascht. „Arbeit? Welche Arbeit?"

„Deine Arbeit als Sternenstaub-Elfe", sagte Xanthe. „Hat dir Alexa nichts davon erzählt?"

Alexa grinste. „Wir waren viel zu sehr mit Fliegen beschäftigt!"

Xanthe lächelte. „Das kann ich mir vorstellen." Sie wandte sich an Lucy. „Das Fliegen macht zwar Spaß, aber Sternenstaub-Elfen tun noch viel mehr. Wir haben eine Aufgabe. Wir müssen uns um die Natur kümmern."

„Damit meint Xanthe Pflanzen und Tiere", warf Alexa ein.

Xanthe nickte. „Die Menschen können sehr viel Unheil in der Natur anrichten. Unsere Aufgabe ist es, den Schaden wieder gutzumachen. Auf der ganzen Welt treffen sich nachts Sternenstaub-Elfen in den Wäldern und versuchen, die Zerstörung durch die Menschen aufzuhalten. Manchmal geht es nur darum, einen Schwan von einem Angelhaken zu befreien, der in seinem Schnabel festhängt. Ein anderes Mal müssen wir eine ganze Tierart retten, die wegen der Menschen vom Aussterben bedroht ist. Wir schützen, wir passen auf und wir heilen. Dazu sind unsere Zauberkräfte da."

„Zauberkräfte?!" Lucy bekam große Augen. „Was für Zauberkräfte?"

„Jede Sternenstaub-Elfe hat bestimmte Zauberkräfte“, erklärte Xanthe ihr. „Das hängt davon ab, welche Art Sternenstaub-Elfe du bist. Manche können Dinge zum Wachsen bringen, andere können Wind oder Regen oder Sonne heraufbeschwören.“

„Es gibt vier Arten von Sternenstaub-Elfen“, fügte Alexa hinzu. „Winterelfen, Frühlingselfen, Sommerelfen und Herbstelfen.“

„Und zu welcher gehöre ich?“, wollte Lucy sofort wissen. Der Gedanke, Zauberkräfte zu haben, gefiel ihr sehr.

„Das können wir dir nicht sagen“, meinte Xanthe. „Jede Sternenstaub-Elfe muss ihre besonderen Zauberkräfte selbst entdecken. Das hängt davon ab, von welchem Königlichen Stern dein Sternenstaub stammt. Aldebaran ist der Frühlingsstern, Regulus der Sommerstern, Antares der Herbststern und Fomalhaut ist der Winterstern. Der Sternenstaub jeder Sternenstaub-Elfe stammt von einem dieser vier Sterne. Aber nur du selbst kannst herausfinden, welches dein Stern ist.“

Lucy schlug die Hände vors Gesicht. In ihrem Kopf drehte sich alles.

Sanfte fasste Xanthe sie an der Schulter. „Ich glaube, das waren genug Informationen für heute, Lucy“, sagte sie leise. „Es ist schon nach Mitternacht. Warum geht ihr zwei jetzt nicht einfach ins Bett? Es wird noch viele Nächte geben, in denen du mehr entdecken kannst.“

Lucy war hin und her gerissen. Einerseits wollte sie mehr erfahren – alles erfahren –, andererseits herrschte in ihrem Kopf völliges Chaos. „In Ordnung“, sagte sie.

Sie folgte Alexa in ihr Zimmer. Zusammen zogen sie ihre Schlafanzüge an. Xanthe hatte neben Alexas Bett ein Klappbett aufgestellt.

„Morgen Nacht werden wir ganz viel Spaß haben. Da gehen wir in den Wald“, sagte Alexa, als sie unter die Decke krabbelten. „Dort gibt es so viel zu sehen und zu tun. Dann triffst du auch alle anderen.“

„Du meinst, andere Sternenstaub-Elfen?“, wollte Lucy wissen.

„Klar", antworte Alexa. Sie gähnte und löschte das Licht. „Gute Nacht."

„Gute Nacht." Lucy lag im Dunkeln auf dem Rücken. Ich bin eine Sternenstaub-Elfe, dachte sie glücklich. Ich kann fliegen!

Durch die geöffneten Vorhänge sah sie die Sterne am Nachthimmel funkeln. Sie musste daran denken, was Xanthe gesagt hatte. Jede Sternenstaub-Elfe gehört zu einem Stern.

Welches, dachte sie aufgeregt, ist wohl mein Stern?

4

Als Lucy am nächsten Morgen nach dem Frühstück nach Hause ging, hatte sie das Gefühl, ihr ganzer Körper würde vor lauter Neuigkeiten kribbeln. Sie konnte sich nicht vorstellen, wie in aller Welt sie das für sich behalten sollte.

Schon auf dem Weg zur Hintertür sah sie durchs Fenster ihre Eltern, die gerade den Frühstückstisch abräumten.

„Hallo! Ich bin wieder da“, rief Lucy, als sie in die Küche kam.

„Hallo, meine Süße“, begrüßte ihr Vater sie herzlich. „Wie war der Übernachtungsbesuch?“

„Super!“, antwortete Lucy mit leuchtenden Augen. „Einfach super!“

„Habt ihr euch also gut vertragen, Alexa und du?“, wollte ihre Mutter wissen. „Magst du sie immer noch so gern?“

Lucy nickte. „Wir hatten riesig viel Spaß zusammen!“

„Was habt ihr denn angestellt“, fragte Mrs Evans.

Lucy hätte so gerne alles erzählt, aber sie wusste, dass es nicht ging. „Wir haben Muffins gebacken und Feen-Limonade gemacht.“ Das war wenigstens ein Teil der Wahrheit. „Und dann haben wir draußen auf der Terrasse gegessen. Wie bei einem Picknick. Alexa und Xanthe sind Vegetarierinnen, aber das Essen hat mir wirklich geschmeckt.“

In diesem Moment kam Rachel, ihre ältere

Schwester, im Bademantel in die Küche. Sie war schon zwölf. „Guten Morgen", gähnte sie verschlafen. Sie holte sich eine Scheibe Toast aus dem Brotkasten. „Und wie sind die neuen Nachbarn, Lucy?", wollte sie wissen, während sie das Brot in den Toaster schob.

„Echt nett", antwortete Lucy.

„Klingt, als hättest du viel Spaß gehabt." Robert Evans betrachtete seine jüngste Tochter liebevoll. „Mit Feen-Trank und solchen Sachen."

Rachel verzog das Gesicht. „Hast du also eine neue kleine Freundin gefunden, mit der du deine So-tun-als-ob-Zauberspiele spielen kannst!?"

Lucy schaute sie böse an. Rachel zog sie dauernd damit auf, dass sie Dinge wie Feen und Zauberei toll fand.

„Ach Rachel", seufzte Mrs Evans. „Jetzt fang doch nicht schon wieder damit an, deine Schwester zu ärgern."

Rachel ignorierte ihre Mutter und grinste Lucy an. „Und, glaubt sie auch an Zauberei? Glaubt sie auch, dass es Feen und Elfen gibt?"

Es fiel Lucy schwer, ruhig zu bleiben. Wenn Rachel wüsste! Sie drehte ihrer lästigen großen Schwester den Rücken zu. „Mama, Alexa hat mich gefragt, ob ich heute wieder bei ihr übernachten will. Darf ich?“

Mrs Evans war überrascht. „Schon wieder?“ Sie schüttelte den Kopf. „Nein, mein Schatz, heute nicht. In ein paar Tagen vielleicht.“

Lucy war fassungslos. Sie hatte nicht erwartet, dass ihre Mutter Nein sagen könnte. „Aber warum denn nicht?“

„Ihr seid doch gerade erst Freundinnen geworden“, meinte Mrs Evans. „Das ist noch ein bisschen früh, um dauernd beieinander zu übernachten.“

Lucy dachte an den Ausflug in den Wald, den Alexa und sie geplant hatten. Ihre Stimme wurde lauter. „Aber ich muss bei ihr übernachten. Das verstehst du nicht. Ich *muss* einfach!“

Ihre Mutter lächelte. „Ach Lucy. Warum musst du immer gleich übertreiben? Ich glaube kaum, dass du dort übernachten *musst*.“ Sie blieb standhaft. „Alexa kann heute zum Spielen rüberkommen, aber ich möchte, dass du heute Nacht hier schläfst."

Lucy sah ihren Vater an. Er nickte. Wie immer war er einer Meinung mit ihrer Mutter. Lucy war enttäuscht. Sie spürte, dass es keinen Sinn hatte, zu streiten.

„Was soll ich bloß machen?", fragte sie Alexa einige Zeit später flüsternd. „Wenn ich nicht bei dir übernachten darf, können wir nicht in den Wald gehen."

„Aber natürlich können wir das", entgegnete Alexa. Die beiden gingen am unteren Ende von Lucys Garten spazieren. „Wir müssen nur warten, bis deine Eltern eingeschlafen sind. Wann gehen sie denn immer so ins Bett?"

„So gegen halb zehn."

„Dann verwandelst du dich einfach in eine Sternenstaub-Elfe und kommst zu mir rüber. Wir fliegen wie geplant in den Wald."

„In Ordnung", meinte Lucy begeistert.

Alexa grinste. „Du wirst bestimmt viel Spaß haben heute Nacht. Wart's nur ab!"

Lucy hätte Alexa so gerne noch weiter über die Welt des Sternenstaubs ausgequetscht. Doch als sie sich gerade gemütlich ins Gras gesetzt hatten, kam ihr Vater nach draußen.

„Helft ihr mir beim Unkrautjäten?", fragte er sie lächelnd.

„Jetzt nicht, Papa", sagte Lucy schnell.

Sie gingen ins Haus, aber im Wohnzimmer sah Rachel fern und Hope war in der Küche.

„Lass uns in mein Zimmer raufgehen", schlug Lucy vor. Doch oben war ihre Mutter gerade beim Staubsaugen.

„Wir reden heute Abend weiter", flüsterte Alexa, als sie wieder nach unten liefen.

Lucy nickte. Sie war frustriert. Es gab doch noch so viel, was sie wissen wollte!

Den Abend über ließ Lucy die Zeiger der Uhr nicht aus den Augen. Als es acht wurde, begann sie in ihrem Zimmer auf und ab zu gehen. Bald würde sie sich wieder in eine Sternenstaub-Elfe verwandeln. Sie stellte sich ans Fenster und sah hinaus in den dämmrigen Himmel. In ein paar Stunden nur würde sie wieder durch die Lüfte fliegen. Sie konnte es selbst kaum glauben! Sie dachte an das Gefühl des Windes in ihrem Gesicht, an die Sterne, die über ihr funkelten. Wenn es nur schon so weit wäre!

Um neun Uhr ging sie ins Bett und löschte das Licht. Dann lauschte sie auf die Geräusche von unten. Hoffentlich würden ihre Eltern nicht zu lange aufbleiben. Der Sekundenzeiger der Uhr tickte unendlich langsam im Kreis, jede Minute schien eine Stunde zu dauern. Sie hörte, wie Rachel und Hope ins Bett gingen und wie dann schließlich auch ihre Eltern nach oben kamen. Sie lag ganz still und machte die Augen zu. Ihre Zimmertür öffnete sich leise. Jeden Abend sah ihre Mutter noch einmal zu ihr herein.

Nach einem kurzen Moment wurde die Tür wieder geschlossen.

Erleichtert atmete Lucy aus. Sie hätte wetten

können, ihre Mutter würde merken, dass sie nicht wirklich schlief.

Sie hörte, wie ihre Eltern Zähne putzten und ins Schlafzimmer gingen. Endlich war alles ruhig.

Lucy zwang sich dazu, noch zehn Minuten zu warten. Dann kletterte sie aus dem Bett und lief auf Zehenspitzen zum Fenster. Vom schwarzen Himmel leuchteten ihr die Sterne entgegen. So leise wie möglich öffnete sie das Fenster. Kalte Nachtluft wehte herein und sie fröstelte ein bisschen.

Plötzlich war sie sich nicht mehr sicher. Es würde doch klappen, oder?

Natürlich, sagte sie sich. Natürlich klappt es.

Sie hörte Alexas Stimme vom Abend zuvor: Du musst wirklich daran glauben.

Lucy holte tief Luft und schloss die Augen. *„Ich glaube an Sternenstaub"*, flüsterte sie. *„Ich glaube an Sternenstaub."* Ein Kribbeln durchlief sie und sie hatte das Gefühl, leichter zu werden. *„Ich glaube an Sternenstaub!"* Im nächsten Augenblick schien ihr Körper sich aufzulösen.

Fast hätte sie vor Freude gejubelt. Es hatte geklappt! Sie konnte wieder fliegen! Einen Moment schwebte sie unter der Zimmerdecke. Ihr war überhaupt nicht mehr kalt – im Gegenteil, ihr ganzer Körper schien zu glühen.

Dann versuchte sie sich daran zu erinnern, wie Fliegen ging. In Gedanken schob sie die Luft nach hinten weg und bewegte sich so zum Fenster. Es stand gerade weit genug offen, dass sie hindurchschlüpfen konnte. Aufgeregt und glücklich flog sie hinaus in den Sternenhimmel.

5

„Hier drüben!", rief Alexa. Sie hatte schon an ihrem Schlafzimmerfenster auf Lucy gewartet. Nun war sie zu ihr hinausgeflogen.

Es war zwar dunkel, aber Lucy konnte trotzdem alles ohne Probleme erkennen. Ob das wohl Sternenstaub-Magie war?

„Wo ist Xanthe?", wollte sie von Alexa wissen. Zusammen flogen sie über die Felder hinterm Haus zum Wald.

„Sie ist noch daheim", sagte Alexa. „Sie kommt später nach. Wenn ich eine Sternenstaub-Elfe bin, sehe ich sie nicht oft. Sie bleibt bei den Erwachsenen und ich bei meinen Freunden."

„Freunden?", fragte Lucy überrascht.

„Ja", antwortete Alexa. „Meine beiden besten Freundinnen sind Mara und Eve." Sie lächelte. „Du wirst sie ganz bestimmt mögen."

Lucy war fast ein bisschen eifersüchtig. Alexa

hatte schon zwei beste Freundinnen. Dabei hatte sie doch gedacht, *sie* wäre Alexas beste Freundin.

„Nun komm schon!" Alexa wurde ungeduldig. „Ich kann es kaum erwarten, euch miteinander bekannt zu machen."

„Wo wollen wir denn jetzt genau hin?", rief Lucy, als sie in den Wald hineinflogen. Inzwischen klappte das Fliegen bei ihr schon viel besser. Trotzdem musste sie sich immer noch sehr konzentrieren, um schnell genug zu sein. Alexa war ihr dauernd ein Stück voraus.

„Wir fliegen zur geheimen Lichtung", antwortete Alexa. Sie drehte sich in der Luft wie eine Balletttänzerin. „Jeder Wald hat genau in der Mitte eine versteckte Lichtung, meistens beim ältesten Baum. Dort treffen sich nachts die Sternenstaub-Elfen."

Der Wald war riesig und es dauerte eine ganze Weile, bis Alexa schließlich rief: „Da sind wir!" In einem großen Bogen flog sie zwischen die Bäume hinunter.

Lucy folgte ihr und staunte. Genau in der Mitte des Waldes war ein kreisrundes Stück Gras. Darum herum standen oder flogen ungefähr dreißig Sternenstaub-Elfen, deren Kleider golden, silbern, blau und grün schillerten.

Alexa winkte zwei der jüngeren Sternenstaub-Elfen zu, die in der Luft Fangen spielten. „Mara! Eve!", rief Alexa aufgeregt. „Hier drüben!"

Die beiden Mädchen hielten inne und sahen sich um. Als sie Alexa entdeckten, kamen sie lächelnd herübergeflogen. Die eine trug ein himmelblaues Kleid, das glitzerte, als wäre es mit tausend winzigen Saphiren bedeckt. Das Kleid der anderen glänzte und funkelte so grün wie Eichenlaub im Frühling.

„Hallo, Alexa!", sagte das Mädchen im grünen Kleid. Neugierig sah sie Lucy an. Sie war die Größere der beiden. Ihre Augen waren braun und ihr langes schwarzes Haar wurde von einem grünen Band zum Pferdeschwanz zurückgehalten.

„Das ist Lucy", erklärte Alexa ihren Freundinnen. „Sie wohnt im Haus neben mir und sie hat

erst letzte Nacht entdeckt, dass sie eine Sternenstaub-Elfe ist!“

„Wahnsinn!“, sagte das Mädchen im grünen Kleid und lächelte Lucy an. „Ich bin Mara.“

„Hallo, Lucy, ich heiße Eve“, ergänzte das Mädchen im blauen Kleid etwas leiser. Sie trug ihre blonden Haare kurz geschnitten. Sie hatte große blaue Augen und ein herzförmiges Gesicht.

„Hallo“, sagte Lucy. Plötzlich war sie ziemlich schüchtern. Es war komisch, andere Sternenstaub-Elfen zu treffen.

Eve schien zu spüren, was los war. „Es ist ein bisschen seltsam, wenn man herausfindet, dass man eine Sternenstaub-Elfe ist, oder?“, sagte sie leise. „Ich weiß es seit drei Monaten, und ich habe ewig gebraucht, um mich daran zu gewöhnen."

„Aber es macht viel Spaß", meinte Mara. „Es wird dir bestimmt gefallen!" Sie schaute Alexa an. „Und, was machen wir heute Nacht?"

„Ich dachte, wir könnten nach Norden zur Kastanien-Lichtung fliegen", schlug Alexa vor. „Nachsehen, ob dort alles in Ordnung ist." Dann wandte sie sich Lucy zu. „Es ist nachts unsere Aufgabe, im Wald nach dem Rechten zu sehen. Mächtige erwachsene Elfen wie Xanthe kümmern sich um die größeren Probleme und Bedrohungen. Und sie treffen sich mit Sternenstaub-Elfen in den anderen Wäldern. Bei uns Jüngeren kommt es darauf an, wie gut wir unsere Zauberkräfte unter Kontrolle haben. Wir müssen erst beweisen, dass wir unsere Kräfte sinnvoll einsetzen und mit anderen zusammenarbeiten können. Dann dürfen auch wir den Wald verlassen und unseren Zauber bei den Menschen anwenden. Bis dahin müssen wir hier bleiben und nach Problemen Ausschau halten."

„Wir müssen außerdem viel über die Sterne und über bedrohte Tiere und Pflanzen lernen“, warf Eve ein.

Alexa seufzte sehnsüchtig. „Ich kann es gar nicht erwarten, gut genug zu sein, um auch außerhalb des Waldes zu zaubern.“ Ihre blauen Augen leuchteten auf. „Wir könnten ja mal abends losziehen. Es muss ja keiner erfahren.“

„Können wir nicht“, sagte Mara bestimmt. „Du weißt, dass wir nicht dürfen.“

Alexa grinste. „Ja und?“

Mara runzelte die Stirn, aber bevor sie etwas sagen konnte, wurde sie von Eve unterbrochen. „Ach kommt. Bitte streitet nicht schon wieder. Lasst uns zur Kastanien-Lichtung fliegen.“

Alexa erhob sich in die Luft. „Na gut. Dann kommt!“

Mara und Eve flogen zu ihr hinauf und Lucy folgte ihnen schnell. Als sie die Lichtung verließen, stellte Lucy erleichtert fest, dass auch Mara und Eve nicht so schnell und toll fliegen konnten wie Alexa.

„Warte auf uns, Alexa!“, rief Mara. Sie warf Lucy einen Blick zu. „Mit Alexa mitzuhalten ist echt ein Alptraum. Es liegt daran, dass sie eine Herbstelfe ist. Die können alle sehr gut fliegen.“

Eine Herbstelfe! Lucy hätte gerne noch mehr gefragt, aber sie musste sich zu sehr konzentrieren, um nicht zurückzufallen.

Nach zehn Minuten erreichten sie eine Lichtung zwischen Kastanienbäumen.

„Ihr beide sucht dort drüben. Lucy und ich schauen hier“, wies Alexa die anderen an, als sie nach unten flogen. Sie schien die Anführerin der kleinen Gruppe zu sein. „Wenn ihr Hilfe braucht, ruft einfach!“

Mara und Eve nickten und verschwanden im Schatten der Bäume.

Lächelnd wandte sich Alexa an Lucy. „Und, wie findest du Mara und Eve? Sie sind nett, oder?“

„Ja“, antwortete Lucy. „Sehr nett.“ Sie meinte wirklich, was sie sagte. Die beiden waren echt nett. Und trotzdem war sie froh, dass sie nun wieder mit Alexa allein war. Wie in der letzten Nacht.

Sie landeten zwischen den Bäumen. „Nach was suchen wir denn?“, fragte sie.

„Nach allem, was nicht normal scheint“, antwortete Alexa unbestimmt.

Sie begannen mit ihren Erkundungen. Auf einmal zischte Alexa. „Psssst!“

Lucy lauschte angestrengt und hörte ganz leise ein scharrendes Geräusch. Es klang, als würden winzige Nägel auf Metall kratzen.

Alexa stand ganz still und sah sich um. „Da!“, meinte sie plötzlich. Sie zeigte auf einen Laubhaufen. Darunter bewegte sich etwas.

Mit einem Satz war Alexa dort. Lucy beobachte, wie sie vorsichtig die Blätter zur Seite schob. Zum Vorschein kam eine leere Getränkedose, die zu wackeln schien. Als Alexa den letzten Rest Laub entfernte, erkannte Lucy die Ursache.

Ein kleine braune Spitzmaus hatte offenbar beschlossen, das Innere der Dose zu erforschen, und war mit dem Kopf stecken geblieben. Jetzt kratzte sie mit den Vorderpfoten am Metall. Der kleine Körper zitterte.

„Ganz ruhig“, flüsterte Alexa und umfasste das Tierchen vorsichtig mit den Händen. Sobald die Maus ihre Stimme hörte und ihre Berührung spürte, schien sie sich zu entspannen. „Lucy“, sagte Alexa, ohne sich nach ihr umzudrehen, „kannst du mir hier mal helfen?“

Lucy eilte hinüber und kniete sich neben sie.

„Wenn du das Metall ein kleines bisschen wegbiegen kannst, krieg ich die Kleine hier vielleicht raus“, erklärte Alexa. „Schön stillhalten“, beruhigte sie die Spitzmaus.

Lucy sah, wo das Problem lag. Wenn das Loch nur ein wenig größer wäre als die Maus, könnte die ihren Kopf wieder herausziehen, wenn sie dabei nicht zu sehr zappelte. Sie drückte mit den Daumen gegen die Kanten der Dosenöffnung. Das Metall gab etwas nach.

„Prima!“, meinte Alexa. Vorsichtig zog sie den Kopf der Spitzmaus aus dem Loch. Sobald das Tier befreit war, schüttelte es sein braunes Köpfchen, als könne es gar nicht glauben, wieder frei zu sein.

Alexa hielt die Maus schützend in beiden Händen. „Mach das nie wieder“, sagte sie zu ihr. Die Maus stellte sich auf die Hinterbeine. Ihre Schnurrhaare zuckten und die schwarzen Knopfaugen schienen erleichtert dreinzuschauen.

„Na los“, flüsterte Alexa. „Ab mit dir!“

Sie setzte die Spitzmaus auf den Boden und mit einem Piepsen huschte sie über den Waldboden davon. „Immer dieser Müll!“ Alexa schüttelte den Kopf und hob die Dose auf. „Warum können die Leute so etwas nicht in den Mülleimer werfen?“

Lucy gab keine Antwort. Sie war sehr beeindruckt von dem, was sie gerade gesehen hatte. „Die Maus hat irgendwie gemerkt, dass du ihr helfen willst“, sagte sie. „Konnte sie dich denn verstehen? Können Sternenstaub-Elfen mit Tieren sprechen?“

„Nicht wirklich“, antwortete Alexa. „Die Tiere wissen, dass wir sie nicht verletzen wollen. Deshalb vertrauen sie uns fast immer. Darum hat die Spitzmaus auch stillgehalten.“ Sie steckte die Dose in die Tasche ihres Kleides und erhob sich in die Luft. „Komm, lass uns den anderen davon erzählen!“

Als sie über die Baumwipfel flogen, hörte Lucy ein Geräusch. Sie wurde langsamer. Es war ein verängstigtes Tschilpen. „Was ist das?“

„Keine Ahnung“, meinte Alexa. „Sehen wir mal nach.“

„Ach, du armes kleines Ding!“, rief Lucy leise aus, als sie tiefer flogen. Ein kleiner Vogel war aus seinem Nest gefallen. Er konnte noch nicht fliegen und lag nun verletzt auf dem Waldboden. Aus dem Augenwinkel sah Lucy etwas Rotbraunes im Gebüsch aufblitzen. Ein Fuchs! Er trabte auf das Vogelbaby zu!

Ohne nachzudenken schoss Lucy nach unten. Doch plötzlich fühlte sie sich mitten im Flug zurückgerissen.

Alexa hatte ihren linken Arm gepackt. „Nein!"

Lucy versuchte, sie abzuschütteln. „Was tust du denn?", rief sie. „Schnell! Der arme Vogel!"

Doch es war zu spät. Unter Lucys entsetztem Blick sprang der Fuchs nach vorne und mit einem schnellen Haps war der Jungvogel verschwunden.

„Alexa!" Lucy war unglaublich wütend. „Warum hast du mich festgehalten? Ich hätte ihn retten können!"

„Das ist nicht unsere Aufgabe!" Während der Fuchs sich in die Büsche davonschlich, ließ Alexa seufzend Lucys Arm los. „Wir dürfen uns nicht in die Natur einmischen, Lucy. Das ist eine der wichtigsten Regeln, wenn man eine Sternenstaub-Elfe ist."

Lucys Wut verrauchte. Stattdessen war sie verwirrt. „Was ... was meinst du damit?"

„Wir können Tieren und Pflanzen helfen, die wegen der Menschen in Not geraten sind", erklärte Alexa. „Aber wir können nicht in die Gesetze der Natur eingreifen, wie zum Beispiel, dass Tiere sich gegenseitig töten. Hätten wir den Fuchs aufgehalten, würde er jetzt hungern. Da dürfen wir uns nicht einmischen."

„Oh", sagte Lucy. Sie begriff durchaus, was Alexa da sagte. Aber es gefiel ihr trotzdem nicht.

„Ich weiß, es ist schwer, aber du wirst dich schon daran gewöhnen", tröstete Alexa sie leise.

Lucys Laune war nicht mehr so gut, als sie ihrer Freundin hinterherflog.

Mara und Eve waren auf der anderen Seite der Lichtung. Sie standen neben einem sehr dicht wuchernden Brombeergebüsch, das mitten im Weg wie ein kleiner Hügel aufragte.

Eve kicherte. „Mara, ich hab dir doch gesagt, du sollst es nicht mit Zauberei versuchen. Schau nur, was du angerichtet hast."

„Na, so schlecht ist er auch wieder nicht", entgegnete Mara und betrachtete verlegen den riesigen Brombeerstrauch. „Und du musst zugeben, dass es besser ist als vorher!"

Alexa landete neben ihnen. „Was ist denn hier los?“, fragte sie grinsend.

Eve deutete auf den Strauch. „Wir haben ein Stück Erde entdeckt, wo jemand ein Lagerfeuer gemacht hat. Alles war schwarz und die Pflanzen verbrannt. Ich wollte Hilfe holen gehen. Aber Mara meinte, das kriegt sie schon selber hin. Und jetzt schaut es euch an!“

Alexa kicherte. „Es ist ein Brombeerberg!“

„Wie hast du das gemacht?“, wollte Lucy wissen. Fassungslos bestaunte sie den riesigen Brombeerstrauch.

„Mit meinen Zauberkräften natürlich“, sagte Mara, als wäre das selbstverständlich.

„Mara ist eine Frühlingselfe“, erklärte Alexa. „Ihr Sternenstaub stammt vom Frühlingsstern Aldebaran. Das bedeutet, dass sie die Macht hat, Sachen wachsen lassen. Deshalb ist auch ihr Kleid grün. Alle Frühlingselfen haben grüne Kleider.“

Lucy starrte sie an. „Dann hängt also die Farbe des Kleides davon ab, was für eine Elfe man ist.“

„Genau", antwortete Alexa. „Wenn du herausfindest, welcher Stern deiner ist, wird dein Kleid die Farbe wechseln. Entweder wird es silbern, blau, grün oder golden. Mein Kleid ist silbern, weil ich eine Herbstelfe bin. Ich kann den Wind steuern – na ja, ich sollte es zumindest können", fügte sie hinzu.

„Keine von uns hat ihre Kräfte bis jetzt besonders gut unter Kontrolle", gab Eve zu. „Ich bin eine Winterelfe und ich weiß, dass ich Regen und Schnee herbeirufen kann. Aber ich kriege es einfach nicht richtig hin. Manchmal bekomme ich Nieselregen und manchmal einen Schneesturm. Schau." Sie breitete die Arme aus und konzentrierte sich. *„Regen"*, flüsterte sie und machte mit der Hand ein Zeichen in Richtung eines Baumes in der Nähe. *„Komm herbei!"*

Im nächsten Augenblick tauchte eine schwarze Wolke direkt über ihnen auf und es begann, in Strömen zu gießen.

Lucy schnappte erschrocken nach Luft, als das kalte Wasser sie traf.

„Eve!“, quiekte Alexa.

Hektisch wedelte Eve mit den Händen hin und her. *„Wasser, hinfort!“*, japste sie.

Die schwarze Wolke verschwand mit einem ‚Plopp‘.

„Igitt!“ Alexa schüttelte sich wie ein Hund. „Ich bin total nass, Eve.“

„Tut mir Leid“, meinte Eve zerknirscht. „Ich wollte eigentlich, dass sie da drüben über dem Baum auftaucht.“

Mara sah Lucy an. „Du siehst, was wir meinen, wenn wir sagen, wir haben unsere Kräfte noch nicht richtig unter Kontrolle.“

„Ja“, grinste Lucy und strich sich ihre klatschnassen Haare aus dem Gesicht. „Ich sehe es.“

„Wir sind alle hoffnungslose Anfänger“, fuhr Mara fort. „Andererseits geht das allen Sternenstaub-Elfen mal so. Wir müssen einfach immer weiter üben, bis wir besser werden.“

Bei dem Gedanken an Zauberkräfte wurde Lucy richtig aufgeregt. Selbst wenn sie sie noch nicht kontrollieren konnte. „Ich möchte auch wissen, was für Kräfte ich habe“, sagte sie.

„Hm, schau dir einfach die Sterne an“, schlug Eve vor. „Scheint dir einer von ihnen besonders zuzuwinken? So hab ich es gemacht. Fomalhaut, mein Stern, schien einfach viel heller zu leuchten als alle anderen. Und sobald ich ihn sah, wusste ich, ich bin ganz sicher eine Winterelfe."

Vor Aufregung schlug Lucys Herz ganz laut. Sie schaute nach oben in den Himmel. Würde sie wirklich herausfinden, worin ihre Zauberkräfte lagen? Aufmerksam betrachtete sie die Sterne, die hell über ihr funkelten.

Hier bin ich, dachte sie. Sag mir, wo du bist!

6

„Und?“, fragte Eve.

„Ich ... ich weiß nicht“, antwortete Lucy unsicher. Sie schaute immer noch hinauf in den Himmel. „Da gibt es einige ziemlich helle Sterne.“

„Aber gibt es nicht einen, der dich besonders anzufunkeln scheint?“, bohrte Eve nach.

„Nein.“ Enttäuscht sah Lucy wieder auf den Boden. Sie wollte doch unbedingt herausfinden, welches ihre Zauberkräfte waren.

„Dann versuch’s doch mal so: Welche Jahreszeit magst du am liebsten?“, fragte Mara. „Frühling, Sommer, Herbst oder Winter?“

Lucy dachte einen Moment lang nach. „Ich glaube, ich mag sie alle.“

Die anderen sahen sich an.

„Ich hab eine Idee“, meinte Alexa. „Mach die Augen zu und warte ab, welche Kraft du spürst. Dinge zum Wachsen bringen oder Wind, Wasser oder Hitze herbeizaubern. Du musst dich richtig anstrengen. Wenn es funktioniert, spürst du, wie die Kraft von den Sternen in dich hineinfließt."

Lucy schloss die Augen und versuchte, sich zu konzentrieren. Dinge wachsen lassen oder Wind, Wasser oder Hitze herbeizaubern. Sie sah alles vor sich, aber es floss keine Kraft durch sie hindurch. Sie machte die Augen wieder auf.

„Und?" Alexa sah sie erwartungsvoll an.

„Ich habe gar nichts gespürt", gab Lucy zerknirscht zu. Sie fühlte sich wie eine Versagerin.

„Mach dir nichts draus", sagte Eve schnell. „Das ist ganz normal, Lucy. Heute ist erst deine zweite Nacht als Sternenstaub-Elfe. Manchmal dauert es einfach eine Weile, bis eine Elfe ihre Zauberkräfte findet."

„Ja", stimmte Mara zu. „Ich habe fast drei Wochen gebraucht. Xanthe hat zu mir gesagt, je länger es dauert, umso stärker sind die Kräfte."

Nun fühlte sich Lucy ein bisschen besser.

„Kommt", sagte Alexa, „fliegen wir zu den anderen auf die Lichtung zurück."

Sie erhoben sich wieder in den Himmel. Während sie durch die Zweige der Kastanie schwebten, spürte Lucy den Wind in ihrem Gesicht und ihre Laune stieg. Dann wusste sie eben nicht, welches ihr Stern war, na und?! Sie würde es schon noch herausfinden. Die Sterne zogen an ihr vorbei und sie fühlte ihre Haut funkeln und leuchten. Sie war eine Sternenstaub-Elfe. Alles andere war unwichtig.

Inzwischen war auch Xanthe auf der geheimen Lichtung eingetroffen. Die Mädchen setzten sich ins Gras um sie herum und tranken honigsüße Kamillenlimonade. Xanthe erklärte ihnen noch einen weiteren Teil ihrer Aufgabe als Sternenstaub-Elfen.

„Wir müssen uns Mühe geben, seltene und bedrohte Tiere wieder hierher zurück in den Wald zu locken", sagte sie. „In diesen Wäldern lebten früher viele Tierarten, die wegen der Menschen jetzt verschwunden sind: Haselmäuse, Goldhähnchen, Bläulinge und sogar Otter und Molche unten am

Fluss. Wenn ihre Lebensräume geschützt werden, kehren die Tiere zurück. Und wenn sie zurückgekommen sind, können wir ihnen ihr Dasein möglichst schön machen. Kümmert euch um den Wald und haltet die Augen nach diesen Tieren offen. Eine Haselnussschale, aus der der Kern herausgefressen ist, könnte bedeuten, dass eine Haselmaus hier lebt. Schmetterlingseier auf wildem Klee könnten ein Zeichen für die blauen Schmetterlinge sein. Platt gedrücktes Schilf am Flussufer stammt vielleicht von einem Otter."

Alles, was Xanthe erzählte, war faszinierend. Nach einer halben Stunde summte Lucys Kopf vor lauter Informationen. Es gab so viel zu lernen – aber es machte alles riesigen Spaß.

Schließlich flogen Alexa und Lucy nach Hause. Sie tollten durch die Lüfte und versteckten sich abwechselnd, indem sie sich tarnten. „Bis morgen dann, Lucy", flüsterte Alexa leise, als sie daheim ankamen.

„Ja, gute Nacht!" Mit einem Lächeln flog Lucy über die Mauer zum Jasmine Cottage.

Als sie in ihrem Schlafzimmer landete, flüsterte sie: *„Sternenstaub hinfort."* Ein schweres, bleiernes Gefühl senkte sich über sie und ihr Körper wuchs wieder zu normaler Größe. Plötzlich stand sie da in ihrem Schlafanzug und fröstelte in der kalten Nachtluft.

Schnell schloss sie das Fenster. Bevor sie die Vorhänge zuzog, schaute sie einen Moment hinaus. Die Sterne funkelten ihr zu. Mit den Augen suchte sie den Himmel ab. Welches war ihr Stern? Welche Zauberkräfte würde sie haben?

Ich werde es bald herausfinden, dachte sie entschlossen. Ganz bestimmt.

Am nächsten Tag musste Lucy die ganze Zeit lächeln. Sie hatte das Gefühl, noch nie in ihrem Leben so glücklich gewesen zu sein.

„Was ist denn mit dir los?“, wollte Rachel nach dem Mittagessen wissen. Lucy hatte selbst beim Abwasch nicht aufgehört zu lächeln.

„Nichts“, sagte Lucy munter. „Ich habe heute einfach gute Laune!“

„Du bist schon komisch“, sagte Rachel.

„Lass sie in Ruhe“, meinte Hope. Sie war netter zu ihrer kleinen Schwester als Rachel. „Was machst du denn heute Nachmittag, Lucy? Wenn du willst, kannst du mit uns spielen. Wir haben heute nichts Besonderes vor.“

Rachel sah Hope entsetzt an. Es war verlockend, Rachel ein bisschen zu ärgern und Hopes Angebot anzunehmen. Doch Lucy schüttelte den Kopf. „Danke, schon in Ordnung. Ich gehe zu Alexa rüber.“

Hope lächelte. „Dann versteht ihr euch also immer noch so gut?“

„Ja.“ Lucy strahlte. „Sie ist meine beste Freundin.“

Sobald sie mit dem Abwasch fertig waren, lief Lucy nach nebenan. Alexa und sie spielten den ganzen Nachmittag zusammen. Abends machten sie es so wie am Tag zuvor. Lucy wartete, bis ihre Eltern im Bett waren. Dann verwandelte sie sich in eine Sternenstaub-Elfe und flog zum Haus ihrer Freundin hinüber.

„Kommt, wir schauen uns heute ein bisschen am Fluss um“, meinte Alexa, nachdem sie auf der Lichtung Mara und Eve getroffen hatten.

„Wisst ihr noch, wie wir das zertrampelte Schilf entdeckt haben und Mara versucht hat, es wieder wachsen zu lassen?“, kicherte Eve.

Alexa lachte. „Das war super!“

„Was ist denn passiert?“, fragte Lucy neugierig.

„Ich habe es mit Zauberei versucht und das Schilf ist drei Meter hoch gewachsen“, erklärte Mara. „Es war einfach gigantisch!“

„Eine von den Erwachsenen musste kommen und es wieder schrumpfen lassen“, ergänzte Alexa. „Das war lustig.“

„Wir hatten schon ein paar tolle Nächte zusammen, oder?“, sagte Mara zu ihr. „Weißt du noch, als du mit dem Wind einen Baum gefällt hast, Alexa?“

Alexa nickte grinsend. „Und als Eve den Fluss über die Ufer treten ließ.“

Eve kicherte. „Deine Mutter war wirklich sauer.“

„Und trotzdem“, meinte Alexa. „Wir haben schon eine Weile keine echten Katastrophen mehr gehabt. Ich glaube, wir beherrschen unsere Kräfte langsam wirklich besser.“

Sie unterhielten sich weiter über einige Abenteuer, die sie schon zusammen erlebt hatten. Am Anfang war es spannend zuzuhören, aber mit der Zeit fühlte sich Lucy immer mehr ausgeschlossen. Ihr war langweilig und sie wanderte auf der Lichtung umher.

„Wo gehst du denn hin, Lucy?“, wollte Alexa wissen.

„Nirgends“, antwortete sie schnell.

Eve lächelte sie an. „Tut mir Leid, wir langweilen dich wahrscheinlich zu Tode.“

„Aber nicht doch“, log Lucy und schüttelte den Kopf. „Ist schon in Ordnung.“

Alexa erhob sich in die Luft. „Genug geredet. Fliegen wir zum Fluss!“

Es war toll, wieder zu fliegen. Und als sie so zwischen den Bäumen hindurchglitten, fühlte Lucy sich überhaupt nicht mehr ausgeschlossen.

Ihre Flugkünste wurden immer besser und als sie den Fluss erreichten, setzte sie zum Sturzflug an. Sie wollte gerne eine beeindruckende Landung hinlegen. Doch Alexa holte sie ein und packte ihren Arm, kurz bevor sie den Boden berührte.

Erschrocken schnappte Lucy nach Luft, als sie so plötzlich zurückgerissen wurde. „Was soll denn das?“, schimpfte sie.

„Tut mir Leid“, entschuldigte sich Alexa. „Aber du musst beim Landen vorsichtig sein. Manchmal verstecken sich Kreuzottern im Unterholz.“

„Kreuzottern?!“, wiederholte Lucy. Sie wusste,

dass das giftige Schlangen waren. „Können die uns denn beißen, auch wenn wir Sternenstaub-Elfen sind?“

Alexa nickte. „Wir sind genauso verletzlich wie als Menschen. Kreuzottern sind aber die einzigen giftigen Tiere hier und sie leben meistens nicht im Wald. Außerdem beißen sie nur, wenn sie sich bedroht fühlen.“

„Da besteht mehr Gefahr, dass wir uns gegenseitig was antun!“, grinste Mara. „Alexa hat mich neulich beim Fliegen mit einer Windböe zur Strecke gebracht.“

Lucy wollte nicht, dass sie schon wieder mit ihren Geschichten anfingen, und wechselte schnell das Thema. „Was suchen wir also hier?“

„Angelhaken, die sich in Vogelschnäbeln verfangen haben, zertrampeltes Schilf, Müll im Wasser, Otterspuren.“

„Ich würde so gerne einen Otter sehen“, seufzte Eve.

Sie suchten gründlich, aber sie fanden keinen. Alexa zeigte ihnen Stellen, die Otter für ihre Baue verwenden könnten. Außerdem halfen sie einem Entenküken, das mit seinem Fuß in einem leeren Karton feststeckte. Es machte Spaß, zusammen den Fluss zu erkunden. Anschließend spielten sie zwischen den Bäumen Verstecken. Dann beschlossen die anderen, ihre Zauberkräfte zu üben. Für Lucy war damit der Spaß vorbei, denn sie konnte nicht mitmachen und musste zuschauen. Sie saß auf einem Zweig und spielte mit dem Saum ihres Kleides. Wenn sie doch endlich wüsste, welches ihre Zauberkräfte waren! Dann könnte sie auch mit den anderen üben.

Ich möchte gerne eine Herbstelfe sein wie Alexa, dachte sie. Ihre Freundin tanzte durch die Luft und zauberte eine Windböe herbei, die die obersten Blätter eines Baumes in der Nähe erzittern ließ.

Eve und Mara applaudierten und Alexa verbeugte sich grinsend. „Seht ihr, wir haben unsere Kräfte *wirklich* schon besser unter Kontrolle."

„Jetzt bin ich dran", rief Mara.

Lucy fühlte sich sehr ausgeschlossen. Sie war

froh, als sie schließlich auf dem Heimweg wieder mit Alexa alleine war.

„Triffst du dich immer mit Eve und Mara?“, fragte sie vorsichtig.

„Ja, warum?“, wollte Alexa wissen.

„Ach, nur so“, sagte Lucy schnell.

Auf dem Weg zurück in ihr Schlafzimmer dachte sie darüber nach. Sie war es nicht gewöhnt, eine beste Freundin zu haben, die sie teilen musste. Und wenn sie ganz ehrlich war, gefiel ihr das nicht besonders. Wenigstens wohnen Eve und Mara ziemlich weit weg, sagte sie sich. Dann müssen wir sie nicht auch noch tagsüber treffen.

Der Gedanke war beruhigend. Lächelnd dachte sie an die Pläne, die sie mit Alexa für den Rest der Ferien geschmiedet hatte. Ihre Laune stieg wieder. Sie würden so viel Spaß zusammen haben!

Am nächsten Morgen sprang Lucy gleich nach dem Aufwachen aus dem Bett und lief nach unten. Seit sie eine Sternenstaub-Elfe war, war sie morgens nie müde. Das war wirklich ein Vorteil. Überrascht stellte sie fest, dass Rachel und Hope schon in der Küche beim Frühstück saßen.

„Ihr seid aber früh auf", sagte Lucy.

„Wir haben heute Ponytag", erklärte Hope.

Das war also der Grund. Rachel und Hope gingen jedes Wochenende reiten, und manchmal gab es bei ihrer Reitschule besondere Tage, an denen sie sich den ganzen Tag um ein Pony kümmern durften. Lucy wollte auch gerne reiten, aber ihre Mutter sagte, sie müsse warten, bis sie zehn war.

In diesem Moment kam Mrs Evans in die Küche. In der Hand hielt sie das Telefon.

„Hallo, Mama", begrüßte Lucy sie. Dann bemerkte sie, dass ihre Mutter besorgt aussah.

Hope schien es ebenfalls zu merken. „Was ist los, Mama?", fragte sie.

„Das war Richard", antwortete Mrs Evans. „Papas Bekannter, der beim Stadtrat arbeitet. Er hat angerufen, um uns zu warnen. Es sieht so aus, als würden diese neuen Häuser nun doch gebaut werden. Die endgültige Entscheidung steht in vier Tagen an. Er glaubt aber, dass keiner der Einsprüche das Projekt verhindern kann."

Lucy hatte ihre Eltern darüber reden hören. Ein Bauunternehmer hatte die Felder zwischen ihrem Grundstück und dem Wald gekauft. Zehn große neue Häuser sollten dort gebaut werden. Lucy wusste auch, dass ihre Eltern das gerne verhindern würden.

„Werden dann dort lauter Bagger anrücken?", wollte Rachel wissen.

„Ja, mein Schatz. Sie werden die Felder komplett aufreißen."

„Aber dann können wir dort ja gar nicht mehr reiten!" Rachel war entsetzt. „Das ist die beste Galoppstrecke."

„Damit wird wohl Schluss sein, wenn die Bauarbeiten erst angefangen haben", sagte Mrs Evans. „Dann wird es dort nur noch Häuser geben. Und was noch schlimmer ist: der Bauunternehmer plant anscheinend, einige der Bäume zu fällen. Er hat auch einen Teil des Waldes gekauft. Wir werden also nicht nur die Felder verlieren, sondern auch viele der schönen alten Bäume."

„Er will die Bäume fällen?", rief Lucy.

Mrs Evans nickte langsam. „Nicht alle natürlich, dazu ist der Wald zu groß. Aber die am Rand der Felder. Euer Vater wird sehr traurig sein. Er hat dort immer gespielt, als er noch ein kleiner Junge war."

„Er hat am Waldrand doch mal eine verletzte

Haselmaus gefunden, oder?“, fragte Hope. „Und sie als Haustier behalten.“

„Ja, das stimmt.“ Mrs Evans lächelte. „Das darf man heute auch nicht mehr machen. Haselmäuse stehen unter Naturschutz. Wenn man die Tiere oder ihre Behausungen beschädigt, muss man mit Strafen rechnen. Tja, wenn es dort noch Haselmäuse gäbe, hätte der Bauunternehmer keine Chance, eine Baugenehmigung zu bekommen.“

„Können wir denn gar nichts machen, Mama?“, wollte Rachel wissen. „Niemand will, dass die Bäume gefällt werden.“

Traurig schüttelte Mrs Evans den Kopf. „Ich weiß. Aber ich glaube nicht, dass es jetzt noch eine Möglichkeit gibt, sie aufzuhalten. Euer Vater und ich und andere Leute im Dorf haben viele Briefe geschrieben, aber es hat nichts genützt. Es ist wirklich eine Schande. Selbst wenn es dort jetzt keine Haselmäuse mehr gibt, so leben doch viele andere Tiere im Wald, die auch wichtig sind.“

Lucy machte sich große Sorgen. Ihre Mutter

hatte Recht. Es gab Hasen und Eichhörnchen, Feldmäuse und Spitzmäuse – alle möglichen Tiere. Was sollten die machen, wenn die Maschinen anrückten? Was, wenn sie aus dem Wald flohen oder, noch schlimmer, verletzt oder getötet wurden? „Es muss doch eine Möglichkeit geben, sie aufzuhalten, Mama“, sagte sie aufgeregt.

„Ich glaube nicht“, antwortete Mrs Evans betrübt.

Aber es *muss* etwas geben, dachte Lucy trotzig. Es muss einfach!

7

Alexa war den ganzen Tag mit Xanthe unterwegs und so konnte Lucy nicht mit ihr reden. Doch sobald sie sich abends trafen, erzählte sie ihrer Freundin, was ihre Mutter über den Häuserbau gesagt hatte.

„Angeblich ist es ziemlich sicher, dass sie die Bäume fällen werden“, berichtete sie, als sie auf der Terrasse landeten, um zu reden. „Das ist schrecklich, oder?“

„Ja, Xanthe hat heute auch davon erzählt“, antwortete Alexa. „Sie hat versucht, sich etwas auszudenken, um sie aufzuhalten. Aber ihr ist noch nichts eingefallen.“ Sie sah sich um. „Sollen wir jetzt zu den anderen fliegen?“

Lucy runzelte die Stirn. „Können wir nicht heute Nacht mal hier bleiben?“ Sie wollte in Ruhe einen Plan aushecken, um die Baufirma zu stoppen.

„Hier bleiben?“ Alexa war völlig überrascht. „Aber warum denn?“

„Na, wir könnten uns überlegen, wie wir vielleicht den Wald retten können“, antwortete Lucy.

„Aber wenn Xanthe schon nichts einfällt, dann werden wir auch nicht besser sein“, widersprach Alexa. Sie schüttelte den Kopf. „Nein, lass uns die anderen treffen. Das macht mehr Spaß.“ Blitzschnell schoss sie hinauf in die Luft. „Na komm schon, los geht's!“

Lucy seufzte. Sie flog hinauf und folgte Alexa. Doch gleichzeitig dachte sie immer noch an die Bauunternehmer.

Sobald sie die Lichtung erreichten, kamen Mara und Eve herübergeflogen.

Eve sah Lucy an und schien sofort zu bemerken, dass etwas mit ihr nicht stimmte. „Was ist los, Lucy?“, fragte sie besorgt. „Du siehst so unglücklich aus.“

„Es ist wegen des Waldes“, antwortete Lucy. Sie erzählte Mara und Eve die ganze Geschichte.

„Das ist ja furchtbar!“, rief Eve aus.

Mara runzelte die Stirn. „Können wir sie nicht irgendwie aufhalten?“

„Aber wie?“, meinte Lucy verzweifelt.

„Mit ein bisschen Glück könnte ich den Boden gefrieren lassen“, sagte Eve nachdenklich. „Aber das würde die Bagger nicht lange aufhalten.“

„Ich könnte die Bäume und Pflanzen dazu bringen, ständig nachzuwachsen. Aber wahrscheinlich würden sie sie dann einfach ausreißen“, fügte Mara hinzu.

„Ich glaube nicht, dass wir irgendwas tun können.“ Alexa zuckte mit den Schultern. „Ich könnte einen Sturm herbeirufen, aber auch das würde langfristig nichts nützen.“ Sie schüttelte den Kopf. „Wir sind einfach nicht stark genug.“

„Alexa hat Recht“, stimmte Mara ihr zu. „Aber mach dir keine Sorgen, Lucy. Wenn man mit Zauberei irgendwas tun kann, dann werden Xanthe oder eine der anderen erwachsenen Elfen schon draufkommen.“

„Richtig“, sagte Alexa. „Hör auf zu stressen, Lucy.“ Sie grinste. „Lasst uns Fangen spielen.“ Sie schlug einen Purzelbaum und zupfte Mara am Arm. „Du bist dran, Mara!“, rief sie und schoss davon.

Mara kreischte und sauste hinter ihr her.

Eve zögerte einen Moment, bevor sie den beiden folgte. „Komm schon, Lucy!“

Aber Lucy war nicht in Stimmung zum Spielen. Sie konnte einfach nicht aufhören, an die Bäume zu denken, die gefällt werden sollten. Die anderen tollten lachend durch die Luft. Lucy sah ständig die Tiere vor Augen, die hier im Wald lebten. Sie sah, wie sie panisch vor den Bulldozern und Bauarbeitern flüchteten. Sie sah, wie ihr Lebensraum zerstört wurde. Es wäre schrecklich. Sie konnte nicht begreifen, warum Alexa und die anderen sich so wenig dafür interessierten.

Es muss etwas geben, womit wir das verhindern können, dachte sie verzweifelt. Nur was?

Während der nächsten drei Tage überlegte Lucy weiter fieberhaft, doch es wollte ihr einfach nichts einfallen. Sie war sich sicher, dass sie zusammen mit Alexa einen Plan aushecken könnte. Sie mussten nur fest genug nachdenken. Frustriert stellte sie jedoch fest, dass Alexa über die Sache nicht wirklich reden wollte. Sie wiederholte immer wieder, dass Xanthe schon etwas einfallen würde, falls es irgendeine Möglichkeit gab. Nachts schien sie kein Problem damit zu haben, wie sonst auch im Wald nach dem Rechten zu sehen und ihre Zauberkünste zu üben.

„Hör auf, dir Sorgen zu machen, Lucy“, sagte sie nur, wann immer Lucy das Thema erwähnte. Doch so schnell wollte Lucy nicht aufgeben. Sie war traurig, dass Alexa – die doch angeblich ihre beste Freundin war – lieber Zeit mit Eve und Mara verbrachte, als ihr beim Nachdenken zu helfen.

In der Nacht, bevor die Baubehörde ihre Entscheidung fällen würde, saß Lucy allein in der Astgabel einer Buche. Sie sah Alexa, Eve und Mara dabei zu, wie sie ihre Zauberkräfte übten. Die ganze Zeit war sie in Gedanken bei dem schrecklichen Bauprojekt.

„Na bitte!“, triumphierte Alexa. Sie hatte eine leichte Brise herbeigezaubert, die heruntergefallene Blätter auf dem Boden zu einem ordentlichen Haufen zusammenfegte. „Es ist gar nicht so schwer, seine Kräfte zu kontrollieren. Man muss sich nur fest genug konzentrieren!“

„Jetzt bin ich dran“, sagte Mara. Sie sah sich um. „Ich wette, ich kann dieses Büschel Glockenblumen zum Blühen bringen.“

„Zu einfach“, protestierte Alexa. „Wie wäre es, wenn du nur eine der Glockenblumen blühen lässt?“

„Nur eine? In Ordnung.“

So allein und vom Treiben ausgeschlossen, wurde Lucy immer frustrierter. Sie hatten nur noch so wenig Zeit! Wie konnten die anderen nur immer bloß ihre Zauberübungen im Sinn haben? Sie lehnte ihren Kopf gegen den Baumstamm. Denk nach, befahl sie sich, denk gründlich nach.

Plötzlich hörte sie Gelächter und schaute nach unten. Alexa und Eve grinsten. Mara stand neben einer Glockenblume, die so groß wie eine Narzisse war.

„Hm, wahrscheinlich muss ich mich noch mehr konzentrieren“, lachte Mara.

„Versuch es mit einer anderen Glockenblume, Mara“, schlug Alexa kichernd vor.

„Bloß nicht!“, rief Eve. „Womöglich wird die dann noch größer als die erste!“

Lucy war auf einmal völlig verzweifelt. Sie flog nach unten zu Alexa. „Lasst uns doch einfach eine Runde herumfliegen“, bat sie. „Am besten zum Waldrand. Vielleicht fällt uns dort etwas ein, wie wir das Bauprojekt stoppen können.“

Alexa war verblüfft. „Was? Jetzt?“

Lucy nickte.

„Aber Eve ist noch nicht dran gewesen“, widersprach Alexa. „Und es macht gerade wirklich Spaß.“ Sie schüttelte den Kopf und drehte sich weg. „Nein, wir bleiben hier.“

Lucy konnte ihre Wut nicht unterdrücken. Warum mussten sie immer tun, was Alexa wollte? Sie sah zu, wie Alexa zu Eve hinüberflog und kichernd mit ihr besprach, welches ihre Prüfung sein sollte.

Alexa drehte sich zu ihr um und sagte über die Schulter: „Jetzt komm schon, Lucy, sei kein Spielverderber."

Das brachte das Fass zum Überlaufen. Ihre Geduld war am Ende. „Nein!", rief sie laut. „Ich habe keine Lust!"

Die anderen starrten sie an.

„Ich fliege zum Waldrand", erklärte sie ihnen. „Ich werde versuchen, eine Lösung zu finden."

„Aber wir dürfen nicht alleine losziehen", warf Mara ein.

„Ja und?", entgegnete Lucy.

Alexa verzog das Gesicht. „Lucy, bleib hier. Das macht doch viel mehr Spaß."

„Wem denn?", gab Lucy wütend zurück, drehte sich um und flog davon.

Nach einigen Minuten hörte sie, wie ihr jemand folgte. „Lucy! Warte!", ertönte Alexas Stimme hinter ihr.

Doch Lucy hatte genug. Sie ignorierte ihre Freundin und flog, so schnell sie nur konnte. Obwohl Alexa wirklich gut im Fliegen war, holte sie Lucy erst kurz vor dem Waldrand ein.

„Lucy!“, rief sie und tauchte direkt vor ihr auf, so dass Lucy abrupt anhalten musste. „Hast du mich nicht gehört? Warum hast du nicht gewartet?“

Lucy funkelte sie an. „Wozu denn? Du hättest ohnehin nur gesagt, dass du zu Eve und Mara zurückwillst. Ich mag nun mal nicht mehr herumsitzen und euch dreien bei euren Zauberübungen zusehen. Ich will etwas gegen das Bauprojekt unternehmen."

„Aber Zaubernüben macht Spaß", widersprach Alexa.

„Mir nicht!" Lucy war schrecklich wütend und verärgert. Die Wörter purzelten einfach so aus ihrem Mund. „Wir sind doch angeblich beste Freundinnen, Alexa! Aber du willst nie das machen, was ich will. Du willst immer nur die ganze Zeit mit Eve und Mara zusammen sein."

„Will ich nicht!" Auch Alexa wurde lauter.

„Willst du doch!", schrie Lucy wütend.

„Das bildest du dir nur ein!", rief Alexa.

„Tu ich nicht!" Lucy war zu traurig und verwirrt, um klar zu denken. „Ach, vergiss es!", sagte sie. Mit Tränen in den Augen drehte sie sich weg. „Ich gehe jetzt!"

„Nein!" Alexa versperrte ihr den Weg.

„Doch! Und du kannst mich nicht aufhalten!“ Lucys Stimme überschlug sich.

„Wollen wir wetten?“ Alexa sah fast so wütend aus, wie Lucy sich fühlte. *„Wind!“*, rief sie, als Lucy davonfliegen wollte. *„Komm herbei!“*

Es rauschte laut in den Blättern und Lucy spürte, wie eine Windböe sie voll erfasste. Sie wurde zur Seite geschleudert. Fast hätte sie geschrien, aber sie bekam keine Luft. Wild fuchtelte sie mit Armen und Beinen, während der Wind sie hin und her warf. Plötzlich begann sie zu fallen und konnte nichts dagegen tun.

Aus der Ferne hörte sie Alexa panisch rufen: *„Wind, hinfort!“*

Im nächsten Moment war der Wind verschwunden, aber es war zu spät — der Boden war schon zu nah. Lucy schaffte es gerade noch, sich herumzudrehen, bevor sie hart auf den Waldboden plumpste.

Sie lag vollkommen still und fühlte sich etwas benebelt. Ihre Augen waren geschlossen und trotzdem schien sich die Welt zu drehen. Lebte sie noch? War sie tot? Ihr Gehirn war zu verwirrt, um sich zu entscheiden.

„Lucy!“, hörte sie Alexas aufgeregte Stimme. „Lucy!“

Lucy spürte, wie jemand an ihrem Arm rüttelte. Vorsichtig blinzelte sie. Alexa kniete neben ihr und sah sehr ängstlich und besorgt aus. „Geht's dir gut?“

„Ich ... ich glaube schon“, brachte Lucy mühsam hervor.

Die Erleichterung war Alexa deutlich anzusehen. „Ich dachte, du bist tot!“, stammelte sie. „Oh Lucy, ich wollte dir nicht wehtun. Ich war einfach nur so wütend, und ich wollte dich daran hindern, zu gehen. Es tut mir so Leid!“

„Ist schon in Ordnung." Langsam richtete Lucy sich auf. Die Knochen taten ihr weh, aber es schien alles heil zu sein. Sie sah sich um. Sie war unter einem Kastanienbaum am Rande einer Lichtung gelandet. Große Laubhaufen hatten ihren Sturz aufgefangen.

„Warum wolltest du unbedingt wegfliegen?", wollte Alexa wissen. „Warum bist du so sauer auf mich?"

„Ich mache mir Sorgen wegen der Häuser", sagte Lucy. Dann zögerte sie einen Moment. Wenn sie ehrlich war, dann war es nicht nur das. „Und, na ja, ich habe mich wahrscheinlich ausgeschlossen gefühlt", gestand sie leise.

„Aber warum denn?", fragte Alexa.

„Ihr habt alle eure Zauberkräfte, nur ich nicht", erklärte Lucy. „Ich kann immer nur dasitzen und zuschauen." Ihr stiegen wieder die Tränen in die Augen. „Du hast so viel Spaß mit Mara und Eve", murmelte sie. „Manchmal weiß ich nicht, ob du wirklich meine beste Freundin bist."

Alexa bekam große Augen. „Aber natürlich bin

ich das! Ich meine, ich mag Mara und Eve sehr gern, aber sie sind nicht du. Ich bin so glücklich, seit wir Nachbarn geworden sind.“ Sie nahm Lucys Hand. „Ich *bin* deine beste Freundin. Ich verspreche es!“

Lucy war unglaublich erleichtert.

„Ich dachte, es gefällt dir, wenn wir alle etwas zusammen unternehmen“, meinte Alexa unsicher. „Ich dachte, du bist glücklich.“

„Bin ich ja auch, es ist nur ...“ Lucy hörte mitten im Satz auf, denn sie hatte aus dem Augenwinkel hinter Alexa eine Bewegung wahrgenommen.

Etwas glitt geschmeidig durch die großen Blätter. Etwas Langes, Dünnes. Lucy erkannte Grau und Schwarz. Sie sah genauer hin. Es war eine ...

„Schlange!“ Lucy schrie, als die Kreuzotter ihren spitzen Kopf direkt neben Alexas Fuß aus dem Gras hob.

Die nächsten Sekunden erlebte Lucy wie durch einen Nebel. Alexa sprang auf. Die Kreuzotter öffnete ihr Maul und Lucy sah nadelspitze, giftige Zähne.

„Nein!“, rief sie, und bevor sie richtig wusste, was sie tat, streckte sie beide Arme nach vorne.

Ihr Blut schien zu kochen, wie elektrischer Strom durchlief es sie, und plötzlich schoss ein Feuerball aus ihren Fingerspitzen direkt auf die Schlange zu.

Alexa schrie entsetzt auf und warf sich zur Seite. Die Schlange wich nach hinten aus. Der Feuerball hatte sie nur um einen Zentimeter verpasst. Schnell schlängelte sich das Tier davon.

„Lucy! Deine Zauberkräfte!“, rief Alexa. „Du kannst Feuer machen! Du bist eine Sommerelfe.“

Eine Sommerelfe! Lucy hatte kaum Zeit, die Worte zu begreifen, als der Laubhaufen, in dem der Feuerball gelandet war, in Flammen aufging.

Lucy und Alexa schrien beide. Der Feuer bahnte sich seinen Weg durch das trockene Gehölz. Die Flammen loderten hoch auf und erfassten die untersten Zweige des Kastanienbaums.

Lucy rappelte sich auf. Die Hitze des Feuers knisterte und Rauch schlug ihnen in dicken Wolken entgegen. Funken flogen durch die Luft und entfachten die Laubhaufen ringsherum.

„Schnell“, rief Alexa. „Schnell! Wir müssen etwas tun!“

8

Vor Angst konnte Lucy kaum atmen. Das Feuer war überall. Sie schaute nach oben. Funken flogen durch die Luft. Sie konnten wahrscheinlich noch entkommen. Aber was würde dann aus den Bäumen werden – und den Tieren?

„Komm schon!", drängte Alexa. „Wir müssen hier raus!" Sie flog nach oben. „Und wir müssen Hilfe holen!"

Lucy hatte sich gerade vom Boden abgestoßen, um ihrer Freundin zu folgen, als sie ein verängstigtes Quieken hörte. Sie schaute nach unten. Eine kleine, goldbraune Maus blickte verstört um sich, die dunklen Augen waren vor Schreck geweitet. Direkt über ihr knackte es in einem Zweig, weil sich das Feuer durch das Holz fraß.

Lucy wusste, sie sollte eigentlich weiterfliegen, aber sie konnte nicht mit ansehen, wie die Maus ums Leben kam. Sie stürzte nach unten und umschloss das kleine Wesen mit beiden Händen. Das Krachen über ihr wurde lauter, als der Zweig langsam durchbrach. Schnell schoss Lucy Richtung Himmel. Ihr Herz klopfte, während sie sich zwischen den Flammen hindurchschlängelte und dabei versuchte, den Funken auszuweichen.

Was würde nun passieren? Sie hatte diese eine Maus gerettet, aber wie viele andere Tiere würden in den Flammen umkommen?

Ein Schatten tauchte über ihr auf. Sie hob den Kopf und wollte ihren Augen kaum trauen. Eine dunkle Wolke war plötzlich über der Lichtung aufgetaucht. Im nächsten Moment prasselte der Regen herunter. Lucy versuchte die Maus zu schützen und kämpfte sich gleichzeitig erschrocken prustend durch den heftigen Regen.

„Hier drüben, Lucy!“, hörte sie Alexa rufen, als sie die Baumkronen erreicht hatte.

Alexa flog direkt am Rand der Wolke. Bei ihr waren Eve und Mara! Eves Hände waren auf die Wolke gerichtet und ihr Gesichtsausdruck war hochkonzentriert.

Lucy schüttelte ihr tropfnasses Haar und flog zu ihnen hinüber. Vor Erleichterung hätte sie beinahe geweint.

„Was ist denn passiert?", wollte Mara entsetzt wissen. „Eve und ich sind euch gefolgt. Wir waren nicht sicher, in welche Richtung ihr geflogen seid, aber dann haben wir die Flammen gesehen. Eve hat den Regen herbeigezaubert."

„Sie löscht das Feuer!", rief Alexa begeistert. „Es funktioniert!"

Das tat es wirklich. Unter dem starken Regen wurden die Flammen immer kleiner und erloschen schließlich ganz.

„Regen, hinfort!", murmelte Eve und der Regen hörte auf.

Lucy flog zu ihr hinüber. „Oh Eve, vielen, vielen Dank! Das war unglaublich!"

„Fantastisch!", stimmten Alexa und Mara zu.

Eve freute sich sichtlich. „Ich bin nur froh, dass ich das Feuer löschen konnte. Was ist denn passiert? Wie hat es überhaupt angefangen?"

Lucy schluckte. „Das ... das war meine Schuld."

Eve und Mara schauten sie ungläubig an.

„Lucy hat ihre Zauberkräfte gefunden", sagte Alexa schnell. „Sie hat versucht mich zu beschützen. Eine Kreuzotter wollte mich beißen und Lucy hat einen Feuerball nach ihr geschleudert. Das hättet ihr sehen sollen!"

„Du hast einen Feuerball herbeigezaubert?" Eve warf Lucy einen ehrfürchtigen Blick zu. „Dann musst du eine mächtige Sommerelfe sein. Die meisten Sommerelfen in unserem Alter können nur Dinge aufwärmen. Sie können kein Feuer herbeizaubern – sogar manche von den Erwachsenen haben damit Probleme. Wie hast du das gemacht?"

„Ich weiß es nicht", gab Lucy zu. „Ich hatte einfach solche Angst, dass die Schlange Alexa beißen würde. Ich habe die Hände in ihre Richtung ausgestreckt und plötzlich ist es passiert. Es hat die Schlange vertrieben, aber dafür haben die Blätter Feuer gefangen." Sie sah sich auf der verbrannten Lichtung um. Dichte Rauchschwaden hingen in der Luft und es stank fürchterlich nach verbranntem Laub. „Schaut euch das an. Es ist alles meine Schuld!“

„Ich frage mich, wie groß der Schaden wirklich ist“, meinte Mara besorgt.

„Wartet, ich vertreibe den Rauch“, sagte Alexa. „Dann können wir besser sehen.“

Sie streckte beide Hände aus und konzentrierte sich. *„Wind, komm herbei!“*, flüsterte sie. Ein kräftiger Wind kam auf und fegte durch die Lichtung, bis der Rauch – und auch der Gestank – verschwunden waren.

Sie flogen gemeinsam nach unten. Lucy war entsetzt. Die Seite der Lichtung, wo sie und Alexa gestanden hatten, war komplett schwarz und verkohlt. Die Pflanzen und das Gras waren bis zur Erde abgebrannt. Der Kastanienbaum, unter dem sie gesessen hatten, trug Brandstellen wie schwarze Narben, die sich über seinen dicken Stamm zogen.

Als Lucy landete, quiekte plötzlich die Maus, und die anderen bemerkten sie zum ersten Mal.

„Bist du deswegen zurückgeflogen?“, wollte

Alexa von Lucy wissen und beugte sich zu der kleinen Maus hinunter, die aus Lucys Armbeuge herausschaute.

Lucy nickte. „Sie wäre von einem Zweig erschlagen worden. Ich konnte sie einfach nicht zurücklassen.“ Sie versuchte, die Maus auf den Boden zu setzen, aber die wollte nicht von Lucys Arm herunter. Lucy konnte das Tierchen gut verstehen. „In Ordnung, du kannst bei mir bleiben“, sagte sie und steckte die Maus in ihre Tasche. Dann sah sie sich verzagt auf der Lichtung um. „Was machen wir denn jetzt? Es sieht schrecklich aus. Das müssen wir den Erwachsenen erzählen, oder?“

„Nicht unbedingt“, erwiderte Mara nachdenklich. „Ich könnte ja versuchen, die Dinge wieder wachsen zu lassen.“

„Wirklich?“, fragte Lucy hoffnungsvoll. „Meinst du, du schaffst das?“

Mara nickte. „Wenn ich mich fest genug konzentriere. Das Problem ist, dass ich nichts zu groß wachsen lassen darf.“

„Na, dann konzentrier dich einfach ganz fest", bettelte Eve. „Wir wollen ja keine Lichtung voller Riesen-Glockenblumen."

Angestrengt runzelte Mara die Stirn und streckte langsam die Hände aus. *„Wachse neu"*, flüsterte sie und zeigte über die Lichtung. *„Heile und wachse!"*

Allmählich und fast unmerklich schienen die verbrannten Bäume, Pflanzen und Blumen sanft zu schimmern.

„Es funktioniert!", wisperte Lucy, als plötzlich ein Büschel Leimkraut neben den Baumwurzeln aus der Erde schoss. Die Blätter waren frisch und grün und die Knospen öffneten sich zu rosa Blüten. Glockenblumen wuchsen wieder und blühten auf. Die Narben auf dem Kastanienbaum verblassten und seine verkohlten Blätter wurden grün. Schritt für Schritt verschwanden alle Zeichen des Feuers, und zum Schluss war die Lichtung genauso schön wie zuvor.

Mara schaute sich um, als könnte sie es selbst nicht glauben. „Ich hab's geschafft!"

„Oh Mara!“ Eve strahlte erleichtert. „Du hast den Tag gerettet.“

„Das war nicht nur ich“, sagte Mara. „Du hast das Feuer gelöscht. Und Alexa hat den Rauch vertrieben.“

„Und wenn Lucy nicht gewesen wäre, hätte mich vielleicht die giftige Schlange gebissen“, sagte Alexa. „Wir alle haben den Tag gerettet – alle zusammen!“

Im nächsten Augenblick lagen sie sich in den Armen. Lucy spürte, wie all ihre Eifersucht verflog. Stattdessen war sie einfach nur noch erleichtert. Gott sei Dank waren Mara und Eve da gewesen!

Ein panisches Fiepen ließ die vier auseinander fahren.

„Es ist die Maus!“ Lucy hatte das kleine Wesen fast vergessen. Sie griff in ihre Tasche und schloss die Hände um die Maus. Das kleine schwarze Schnäuzchen schaute zwischen Lucys Daumen heraus, die langen Schnurrhaare zuckten in Panik. „Hattest du Angst, wir würden dich zerquetschen?“, meinte Lucy. Sie ging in die Hocke. „Na, jetzt kannst du nach Hause zurück. Es ist alles wieder schön." Sie ließ die Maus frei. Die schaute sich einen Moment lang um und ihr kastanienbraunes Fell glänzte im Mondlicht.

„Lucy!" Alexa war ganz aufgeregt. „Das ist keine normale Maus. Das ist … das ist eine Haselmaus!"

Lucy starrte die dicke Maus mit ihrem buschigen Schwanz an. „Eine Haselmaus?"

„Ja", sagte Alexa.

Die Haselmaus huschte durchs Gras und sprang auf einen heruntergefallenen Ast. Den lief sie entlang in Richtung einiger Haselsträucher auf der anderen Seite der Lichtung.

„Kommt, wir folgen ihr und schauen, ob es noch mehr davon gibt", rief Alexa.

Sie flogen dicht über dem Boden und folgten der Haselmaus zu den Büschen. Dort sprang die Maus vom Ast, raschelte durchs Laub und hüpfte dann auf einen alten Baumstumpf. Die Mädchen beobachteten, wie die Maus von dort aus über den Waldboden zum nächsten Haselstrauch

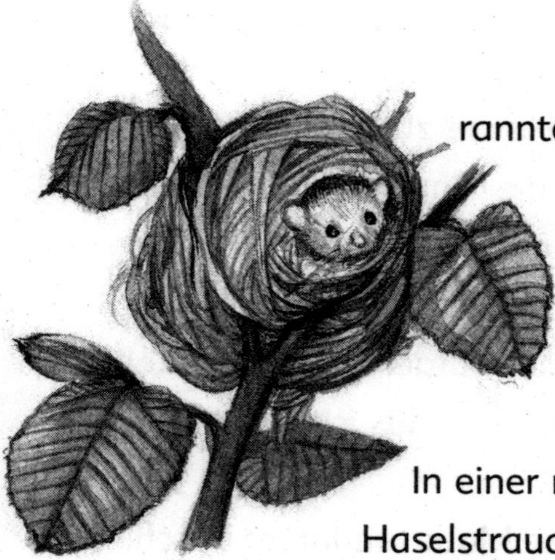

rannte. Als sie ihn erreichte, kletterte sie etwa einen halben Meter am Stamm hoch und verschwand.

Lucy flog näher heran. In einer niederen Astgabel des Haselstrauchs sah sie ein lockeres Nest aus Gräsern und Blättern. Es sah beinahe aus wie ein Vogelnest, nur dass es fast ganz rund war und in der Mitte ein Loch hatte. Darin sah sie den buschigen Schwanz der Maus verschwinden.

„Sie hat dort ihr Nest“, sagte sie zu den anderen. Dann begann sie sich die umliegenden Haselbüsche näher anzuschauen. Dort war noch ein Nest — und noch eines!

„Schaut nur!“, rief sie. „Es gibt ganz viele von ihnen!“

„Und ich wette, diese hier stammen auch von den Haselmäusen“, sagte Mara und hob eine leere Nussschale vom Boden auf. Oben war fein säuberlich ein Loch hineingenagt.

„Wann sie wohl zurückgekommen sind?“, überlegte Mara. „Es hätte uns eigentlich auffallen müssen.“

„Na ja, wir kommen normalerweise eben nicht so nahe an den Waldrand“, warf Eve ein.

„Ich kann es nicht erwarten, meiner Mutter davon zu erzählen“, sagte Alexa. „Sie hat so gehofft, dass die Haselmäuse zurückkommen.“

„Mein Vater wird sich auch freuen“, meinte Lucy. „Als er klein war, hat er immer die Haselmäuse im Wald beobachtet. Er hatte sogar mal eine als Haustier.“ Während sie das sagte, tauchte eine dunkle Erinnerung auf. Angestrengt dachte sie nach. Sie hatte das Gefühl, dass die Haselmäuse im Wald noch aus einem anderen Grund wichtig waren. Was war es nur gewesen?

„Wir müssen gut auf sie aufpassen“, meinte Eve. „Haselmäuse sind sehr selten. Wie schade, dass sie sich so dicht am Waldrand niedergelassen haben.“ Sie schaute nach links, wo die Felder begannen. „Hier wird es viel schwieriger sein, sie vor den Menschen zu beschützen.“

„Oh nein!", rief Alexa entsetzt. Die anderen sahen sie an.

„Was ist mit dem Bauprojekt? Die neuen Häuser werden gleich da drüben entstehen. Was ist mit dem Lärm und den Maschinen?"

Während Alexa das sagte, tauchte die Erinnerung, nach der Lucy die ganze Zeit gesucht hatte, plötzlich aus ihrem Gedächtnis auf. Sie schnappte nach Luft. Aber natürlich!

„Du meine Güte!", rief nun auch Mara. „Die armen Haselmäuse! Das wird ihnen gar nicht gefallen!"

„Was, wenn sie wieder verschwinden? Das ist schrecklich!", klagte Eve.

„Ganz im Gegenteil!" Lucy strahlte übers ganze Gesicht.

Ratlos sahen die anderen sie an. „Was meinst du damit?", fragte Alexa. „Natürlich ist es schrecklich!"

„Aber nein. Versteht ihr denn nicht?" Vor Glück war Lucy ganz aufgeregt. „Das ist die Lösung!"

9

Alexa, Mara und Eve starrten Lucy an, als wäre sie nicht ganz richtig im Kopf.

„Wie meinst du das – die Lösung?“, wollte Alexa wissen. „Das ist doch Unsinn. Haselmäuse hassen Lärm und Unruhe. Sie werden sofort von hier verschwinden, sobald die Bauarbeiten beginnen.“

„Aber es wird keine Bauarbeiten geben!“, rief Lucy. „Meine Mutter hat gesagt, wenn es hier im Wald immer noch Haselmäuse gäbe, dann würde der Bauunternehmer keine Genehmigung bekommen. Er dürfte die Häuser nicht bauen.“

Alexa bekam große Augen. „Wenn wir also den Leuten morgen früh von den Haselmäusen erzählen, dann werden die Häuser nicht gebaut?“

Lucy nickte. „Aber wir müssen es ihnen gleich morgen früh sagen. Da wird nämlich die Entscheidung getroffen.“

„Oh Lucy!", kreischte Alexa vor Freude. „Du bist spitze!" Sie flog zu ihrer Freundin hinüber und umarmte sie. „Dir ist tatsächlich etwas eingefallen, um unseren Wald zu retten. Du bist einfach klasse!"

„Ein Genie!", rief Mara.

„Absolut", stimmte Eve zu. „Lucy, das ist fantastisch. Und ohne dich hätten wir es nie herausgefunden!"

Als Lucy die strahlenden Gesichter um sich herum sah, war sie auf einmal sehr glücklich. Wie hatte sie sich nur je wünschen können, mit Alexa allein zu sein. Es war viel besser, mit drei Freundinnen feiern zu können als nur mit einer!

Zusammen flogen sie zurück zur geheimen Lichtung. Xanthe bestätigte, was Lucys Mutter gesagt hatte. „Haselmäuse stehen unter Naturschutz. Man darf sie oder ihre Nester auf keinen Fall vernichten. Ich werde morgen früh gleich als Erstes den Mann von der Baubehörde anrufen. Eine Genehmigung wird jetzt garantiert nicht mehr erteilt." Neugierig sah sie die vier Mädchen an. „Wie habt ihr die Haselmäuse denn gefunden? Das sind sehr scheue Tiere. Man sieht sie wirklich nur sehr selten."

„Das war Lucy", sagte Eve. „Sie hat eine gefunden, als sie ihre Zauberkräfte entdeckt hat."

„Du hast deine Zauberkräfte entdeckt?" Überrascht sah Xanthe Lucy an.

Lucy nickte. „Ich bin eine Sommerelfe", sagte sie.

„Wirklich? Wie hast du das denn herausgefunden?", fragte Xanthe.

„Ich, äh ... also, ich habe es einfach gemerkt", sagte Lucy schnell.

Xanthe sah sie prüfend an. Aber zu Lucys großer Erleichterung schien sie nicht genauer nachfragen zu wollen. „Nun, das freut mich sehr", sagte Xanthe lächelnd. „Hast du denn deinen Stern schon gesehen?"

„Nein", meinte Lucy eifrig.

Xanthe drehte sich nach Süden und ging ein paar Schritte von der Gruppe weg. Sie winkte

Lucy zu sich herüber. „Da!“ Sie zeigte nach oben. „Er heißt Regulus – der Sommerstern – und er gehört zum Sternbild des Löwen. Kannst du ihn sehen? Er ist da drüben rechts und –“

„Ich sehe ihn“, unterbrach Lucy sie leise. Gebannt schaute sie den hellen Stern am Himmel an. Es war, als wären alle anderen Sterne verblasst. Als sie Regulus anschaute, schien plötzlich eine Kraft durch ihren Körper zu fließen und ihre Fingerspitzen kribbelten vor Hitze. Ohne es richtig zu merken, ballte sie die Hände zu Fäusten.

„Er zieht mich zu sich hin“, flüsterte sie. Sie spürte deutlich, wie zwischen ihr und ihrem Stern die Energie floss.

„Das ist die magische Energie“, erklärte ihr Xanthe. „Die Kraft, die sich Stern und Sternenstaub-Elfe teilen. Du musst lernen, diese Kraft zu benutzen, Lucy, und sie richtig und mit Bedacht einzusetzen.“ Lucy hörte den warnenden Unterton in Xanthes Stimme und sah sie an. „Sommerelfen sind stark und meistens sehr mächtig“, fuhr Xanthe sanft fort. Ihr Blick war auf einmal sehr ernst. „Du musst gut aufpassen, dass du deine Kräfte für die richtigen Dinge einsetzt.“

„Das werde ich tun“, versprach Lucy flüsternd.

Sie schaute wieder nach oben zu Regulus. Jede Faser ihres Körpers schien zu glühen. Sie lächelte. Endlich hatte sie ihren Stern gefunden!

Am nächsten Morgen lief Lucy gleich nach dem Frühstück zu Alexa hinüber. Um neun Uhr rief Xanthe beim Bauamt an und berichtete von den Haselmäusen.

„Sie schicken gleich jemanden rüber“, berichtete sie lächelnd, als sie den Hörer auflegte. „Der Beamte meinte, wenn dort wirklich Haselmäuse ihre Nester haben, dann wird es für diese Felder auf keinen Fall eine Baugenehmigung geben. Im Gegenteil, man wird den Wald unter Naturschutz stellen.“

Lucy freute sich so sehr, dass sie sofort zurück nach Hause rannte, um es ihrer Familie zu erzählen.

„Aber das bedeutet, dass das Bauunternehmen das Land nicht erschließen darf", sagte Mrs Evans.

„Ich weiß!", rief Lucy.

„Dann werden auch die Bäume nicht gefällt!" Rachel schien so glücklich, dass Lucy schon dachte, ihre große Schwester würde sie gleich umarmen. Doch im letzten Moment schien Rachel es sich anders zu überlegen. „Das ist super!", meinte sie und setzte sich hin.

„Sie werden dort wirklich keine Häuser bauen dürfen?", versicherte Hope sich bei ihrer Mutter.

Mrs Evans lächelte. „Nein."

Hope, Rachel und Lucy seufzten vor Erleichterung.

Um drei Uhr am selben Nachmittag überbrachte Xanthe die Nachricht. Die Baubehörde hatte den Antrag auf Erschließung abgelehnt. Die Bäume und Felder waren gerettet.

„Ich kann es immer noch nicht glauben", sagte Lucy zu Alexa, als sie abends von der Terrasse aus den Sonnenuntergang betrachteten.

„Es ist einfach wunderbar." Alexa nahm einen Schluck Feen-Limonade. „Die Tiere und Pflanzen sind sicher und wir können uns auch noch um eine Haselmausfamilie kümmern. Xanthe meint außerdem, dass jetzt vielleicht auch andere seltene Tiere zurückkehren werden."

„Wir müssen uns wirklich anstrengen, dass der Wald schön für sie bleibt", sagte Lucy bestimmt. Ihre Augen leuchteten, als sie sich vorstellte, wie der Wald sich mit den seltenen Tieren füllte, von denen Xanthe erzählt hatte – Otter, Bläulinge, Goldhähnchen ... „Das wäre wunderbar!"

„Wir können alle unsere Zauberkräfte einsetzen und gemeinsam dafür sorgen ..." Alexa verstummte. Sie schien auf einmal bedrückt. Lucy war sich sicher, dass ihre Freundin an den Streit von letzter Nacht dachte.

Sie lächelte. „Ja, alle zusammen – du, ich, Mara und Eve."

Alexa grinste begeistert.

„Die Sonne ist untergegangen", sagte Lucy schnell. „Komm, lass uns in den Wald fliegen!"

Alexa fasste ihre Hand. Zusammen sahen sie hinauf in den Himmel und sagten: *„Ich glaube an Sternenstaub, ich glaube an Sternenstaub, ich glaube an Sternenstaub!“*

Wie immer hatte Lucy das Gefühl, ihr Körper würde sich auflösen. Im nächsten Moment schoss sie hinauf in die Lüfte.

„Dein Kleid!“, rief Alexa.

Lucy sah an sich hinab. „Wow!“ Sie war sprachlos. Ihr Kleid war nicht mehr perlmuttgrau, sondern schimmerte und glänzte golden.

„Das liegt daran, dass du jetzt deinen Stern gefunden hast!“, sagte Alexa. „Jetzt bist du eine richtige Sternenstaub-Elfe!“

Lucy vollführte eine Drehung in der Luft. Das Kleid flatterte um sie herum, glitzernd und wunderschön. Lucy hob den Kopf und sah Regulus am Himmel leuchten. Energie kribbelte durch jede Faser ihres Körpers und einen Moment lang hatte sie das Gefühl, vor Glück zu zerspringen.

„Komm!“, rief Alexa. „Zeigen wir den anderen dein neues Kleid.“

Lucy warf Regulus ein letztes Lächeln zu und sauste dann Alexa hinterher. Zusammen flogen sie durch den Sternenhimmel davon.